座敷牢の暴君
「あ、だ、だめ、あああ……っ！」
先端を強く吸われ、由多佳はびくびくと震えながら達した。
（本文より抜粋）

DARIA BUNKO

座敷牢の暴君

神香うらら

illustration ✻ こうじま奈月

イラストレーション❋こうじま奈月

CONTENTS

座敷牢の暴君

1

電車の窓ガラスに、ぽつぽつと雨粒がかかり始める。

(あ……降り始めたんだ)

扉《とびら》にもたれるようにして立っていた中村由多佳《なかむらゆたか》は、厚い雲に覆《おお》われた空を見上げた。

予報では今夜遅《おそ》くから降り出すということだったが、一足早く来てしまったようだ。傘を持ってこなかったことを後悔し……しかしこの程度の小雨ならビニール傘を買わなくても大丈夫《だいじょうぶ》だろうと思い直す。

(晩《ばん》ご飯は家にあるもので作ろう……何があったっけ)

駅前のスーパーに寄るつもりだったが、本降りにならないうちに帰ったほうがよさそうだ。

長い睫毛《まつげ》を伏《ふ》せて、由多佳は冷蔵庫の中身を反芻《はんすう》した。

やがて電車がホームに停車する。反対側の扉が開き、何人かの客が降り、何人かの客が乗り込んでくる。

最後に乗ってきた杖《つえ》をついた老婦人を見て、由多佳は素早く車内を見渡した。午後四時台の車内はまだ帰宅ラッシュではないものの、座席はすべて埋《う》まっている。

誰も席を譲ろうとしないのを見て、由多佳は傍《そば》の席で携帯電話を弄《いじ》っていた制服姿の女子高校生にそっと話かけた。

「あの、悪いんだけど、あのかたに席を譲ってあげてくれないかな？」

いきなり話しかけられた女子高生は驚いたように顔を上げ、由多佳の顔をまじまじと見つめた。マスカラで黒々と縁取《ふちど》られた目が、不審そうに由多佳を睨《にら》みつける。

「いきなりごめんね」

にこっと微笑《ほほえ》むと、女子高生が戸惑《とまど》ったように視線を彷徨《さまよ》わせた。そして初めて老婦人に気づいて、鞄《かばん》を持って立ち上がる。

「ありがとう。あの、こちらにどうぞ」

女子高生に礼を言って、由多佳は老婦人を手招きした。

「まあまあ、すみませんねえ、どうもありがとう」

老婦人が笑顔で由多佳と女子高生を交互《こうご》に見上げる。女子高生もぎこちないながら笑顔になった。なったのを見て、由多佳はほっと胸を撫《な》で下《お》ろした。

(こないだは余計なことするなって怒られちゃったからなあ……)

由多佳は親切のつもりでも、お節介《せっかい》だと疎《うと》ましがられることもある。自分でも損《そん》な性分だと思うのだが、困っている人を見かけると、どうしても見過ごすことができないのだ。

再び扉にもたれ、外へ視線を戻《もど》す。

(えーと、白菜ある、ネギある、椎茸《しいたけ》と春菊ある。鶏肉《とりにく》もあったから、鍋《なべ》でいいかな……)

夕飯のメニューを考える由多佳の横顔に、車内の視線が集まる。

優しげな顔立ちの由多佳は、よく見るとなかなかの美人である。白く滑《なめ》らかな肌に綺麗《きれい》な二重の目が印象的で、ややぽってりとした下唇には愛嬌《あいきょう》もある。

百七十センチあるかないかの身長は決して高くはないが、手足が長くて全身のバランスがいい。パーカーとジーンズというありがちな服装なのに、ほっそりと華奢《きゃしゃ》な体型のせいか少年らしい色気もある。

派手さがないので普段は電車に乗っていても目立たないのだが……老婦人と女子高生とのやり取りで車内の注目が集まってしまった。

(卵もあるからおじやもできるし……あ、ポン酢まだあったっけ?)

当の本人は注目を浴びていることには気づかず、細い眉を寄せて冷蔵庫の中身に思いを馳《は》せていた。

最寄り駅を告げる車内アナウンスに、はっとして顔を上げる。降りる間際に、由多佳は先ほどの女子高生に「さっきはありがとうね」ともう一度礼を言った。

女子高生は真っ赤になって何か言いかけたが……扉が閉まり、その声は由多佳に届くことなく掻き消される。

改札をくぐり、由多佳は空を見上げた。パーカーのフードをすっぽりと被《かぶ》り、小雨の中を歩き出す。

（ポン酢は一旦家に帰ってから近くのコンビニへ買いに行けばいっか）

ベランダに干してきた浴室のマットが気になり、早足になる。由多佳の歩調に合わせるように、雨足も次第に強くなってきた。

（真子人《まこと》は傘持って行ったかなあ）

同居している弟の心配もしつつ、由多佳は家路を急いだ。

由多佳と真子人の住むアパートは、私鉄沿線の駅から徒歩十分ほどのところにある。

去年田舎《いなか》から上京し、東京《とうきょう》の大学に進学した由多佳は、最初の年は大学の寮に住んでいた。一つ年下の真子人が都内の美容専門学校に入学することになり、二人で住める物件を探して今のアパートに引っ越してきたのだ。

アパートの傍には大きな公園がある。中央に大きな池があり、それを囲むようにして遊歩道が整備されている。ベンチの他に遊具もいくつか置いてあり、この辺りの子供たちに人気の遊び場だ。

いつものように、由多佳は公園に足を踏み入れた。公園を突っ切《つき》ったほうが近道なのだ。

木々の隙間《すきま》から由多佳の住むアパートの外観が垣間《かいま》見える。部屋に電気がついていないので、真子人はまだ帰っていないのだろう。

午後五時の雨の公園には誰もいなかった。鉄棒やブランコ、滑《すべ》り台といった遊具の傍を通り抜《ぬ》け、池の畔《ほとり》の遊歩道に出る。

(ん……?)

木の枝が折れる音が聞こえたような気がして、由多佳は立ち止まった。

公園の水銀灯の明かりに、雨が細い銀の筋になって照らし出されている。銀色の雨粒の向こう、池の向こう側に数人の人影がうごめいていることに気づく。

(ええっ、もしかして喧嘩《けんか》!?)

降りしきる雨の中、数人の人物が無言で乱闘《らんとう》を繰《く》り広げていた。一人が突き飛ばされてツツジの植え込みの中に倒れ込み、別の一人が襟首《えりくび》を掴《つか》まれて顔をしかめている。

薄暗くてよく見えないが、彼らは皆同じ学生服姿だった。この近くにある男子校、晃徳《こうとく》学園の生徒に違いない。

水たまりを跳ね上げながら遊歩道を走り、由多佳は対岸に向かった。

どうやら六、七人の生徒が集団で一人を攻撃しているらしいのがわかる。中の一人が背後から羽交《はが》い締《じ》めにされ、その周りを生徒たちが取り囲んでいる。

(これはリンチというやつでは……っ)

ますます見逃《みのが》すことはできない。大勢で一人をいじめるなんて、由多佳が一番許せない行為だ。

「君たちっ! やめなさい……っ!」

叫びながら乱闘集団に近づく。

しかし喧嘩に忙しい彼らは由多佳に気づいていないのか、振り向きもしない。

「ちょ、ちょっと！　やめなさい……」

近づいてみて、由多佳は急に怖《お》じ気《け》づいた。彼らが思っていたよりもずっと体格がよく、大人《おと》びて《な》いたからだ。昔から喧嘩っ早い弟のために幾度《いくど》も仲 裁《ちゅうさい》役をしてきたが、子供の喧嘩とはわけが違う。

たまに街中で大人同士が喧嘩をしているが、さすがの由多佳もそういう場合は割って入ろうとは思わない。離れた場所から速《すみ》やかに警察に電話するだけだ。

しかし学生服姿だったので、つい飛んできてしまった。高校生なんて子供だと思っていたのに、彼らはそこらの大人より腕《うで》っ節《ぷし》が強そうだ。

（そういえば晃徳学園高校って、確か有名な武闘派ヤンキー校……）

近所の男子校の悪評の数々を思い出し、ごくりと唾《つば》を飲み込む。

「ひ……っ！」

腹を蹴《け》られた生徒が呻《うめ》きながら地面にがくんとくずおれ、由多佳はびくっと体を竦《すく》ませて悲鳴を飲み込んだ。

――蹴ったのは、羽交い締めにされていた生徒だった。正面から体当たりしようとした生徒に反撃したらしい。

蹴った男が、ぎろりと由多佳を睨《にら》み下ろす。

集団の中で、一際《ひときわ》長身でがっちりした体格の生徒だ。切れ長の目にやけに迫力があり、顔立ちが整っているので余計に怖《こわ》い。

男はすぐに由多佳から目を逸《そ》らし、背後で自分を羽交い締めにしている生徒に肘鉄《ひじてつ》を入れた。

「うぐっ！」

脇腹《わきばら》を押さえ、男を羽交い締めにしていた生徒がよろめいて膝《ひざ》をつく。

「……のやろっ！」

歯を剝《む》いて新たに殴《なぐ》りかかってきた生徒の腕を取り、男が膝蹴りを見舞う。

六人から攻撃されているのに、彼は負けてはいなかった。反射神経がいいのか、襲いかかってくる生徒たちの拳《こぶし》をうまくかわし、素早く反撃する。攻撃側のほうが息が上がっており、力の差は歴然としていた。

(めちゃくちゃ強い……)

仲裁に来たことも忘れ、由多佳は彼の無駄《むだ》のない動きに見入ってしまった。

「ぐえぇっ」

彼に蹴られた生徒が苦しげに呻いて体をくの字に折り曲げ、由多佳ははっと我に返った。

「もうやめなさい！　やめないと警察呼ぶよ！」

「うるせえ、すっこんでろ！」

男がもう一度切れ長の目で由多佳をぎろりと睨み、吐《は》き捨てる。

リンチをやめさせ、助けようと思った男に悪態《あくたい》をつかれ、由多佳はかちんと来たが……次の瞬間「あっ」と声を上げた。

男の注意が由多佳のほうへ逸れた隙に、地面に倒れていた茶髪の生徒がむくりと起き上がったのだ。しかもその手には小型のナイフを握《にぎ》っており……。

「危ない！」

水銀灯に閃《ひらめ》いた刃に、由多佳は鋭く叫んだ。

茶髪がナイフを構え、じりじりと男ににじり寄る。

しかし男は怯《ひる》むことなく茶髪を見据《みす》えた。それどころか、学生服には似合わない不敵な笑みを浮かべ、挑発《ちょうはつ》するように自分から一歩前に出て距離を詰《つ》める。

ナイフを怖《おそ》れる様子のない彼に、茶髪のほうが気圧《けお》されたように後ずさった。

「ややや、やめなさいっ！　一時の激情で人を刺《さ》したりしたら、君の一生が台無しに……っ」

あわあわと焦《あせ》りながら、由多佳は茶髪を説得しようと声を上擦《うわず》らせた。茶髪は由多佳に目もくれず、血走った目で男を睨みつけている。

「このやろおおおおっ！」

茶髪がナイフを振り上げ、猛然と男に突進《とっしん》した。

「―――！」

……あとから思えば、このときの自分はどうかしていたとしか思えない。

茶髪がちょうど自分の目の前を通り過ぎ、自分が彼を横から突き飛ばせば刃傷沙汰《にんじょうざた》が防げると思ってしまったのだ……。

「うああっ！」

しかし喧嘩慣れしていない由多佳がうまく立ち回れるはずもない。突き飛ばそうとした茶髪になぎ払われ、ぬかるんだ地面に尻餅《しりもち》をついてしまった。

「邪魔《じゃま》すんな！」

茶髪が喚《わめ》き、由多佳に怒りの矛先《ほこさき》を向ける。ナイフの刃を鼻先に突きつけられ、由多佳はひっと息を飲んだ。

「てめえの相手は俺だろうが」

にゅっと腕が伸びてきて、ナイフを持つ腕を捻《ひね》り上げる。

「いてっ！　この……っ！」

凄《すさ》まじい力で握り締められたのだろう。茶髪の手がぶるぶる震え、やがて堪《こら》えきれなくなったようにナイフがぽとりと足元に落ちる。

「こらあ！　おまえら何やってる！」

ほっと胸を撫で下ろしたのも束《つか》の間、雑木林《ぞうきばやし》の向こうから濁声《だみごえ》が飛んできて、由多佳はぎくりと体を竦ませた。

「やっべ、マジで警察来たぞ！」

「逃げろ！」

地面に転がっていた生徒たちが一斉《いっせい》に起き上がり、蜘蛛《くも》の子を散らすように逃げ出す。

茶髪も男の手を振り切って、ツツジの植え込みを飛び越えて走り去った。

(よかった……)

誰かが通報してくれたようだ。ここは近くのマンションのベランダからも見えるので、騒ぎを耳にして不審に思った人が気づいてくれたのかもしれない。

「おい、何ぼけっとしてんだ！」

「ええっ？」

いきなり腕をぐいと引っ張り上げられ、由多佳はよろめいた。

「ちょ、ちょっと待……っ、うわあ!!」

男にひょいと担《かつ》ぎ上げられ、由多佳は目を白黒させた。

由多佳を肩《かた》に担いで、男が猛然と走り出す。

「なんで僕も一緒に逃げなきゃならないんだよ!?」

「うるせえ！　黙《だま》ってろ！」

「こらあ！　待て！」

木々の隙間から制服姿の警察官が追ってくるのが見えて、由多佳はひっと息を飲んだ。

「逃げるのはまずいよ！　ちゃんと謝れば、警察の人だって……」

「捕まったらてめえも痛くもない腹を探られるぞ」

「ええっ!?　僕は全然関係ないよ！」

「いいから黙ってろ！」

男が公園の出口に向かってダッシュする。

由多佳は華奢だが、担いで走るには決して軽くはないはずだ。おまけに背中には教科書の入ったデイパックも背負っている。

しかし男はバランスを崩《くず》すことなく軽やかに走った。

「ちょ、ちょっと、もう下ろしてよ！」

住宅街に紛《まぎ》れ込み、どうやら追っ手を振り切ったようだった。男が次第《しだい》にスピードを緩《ゆる》める。

「あんた、近所の人？」

「そうだけど……っ」

「じゃあついでに家まで送ってやるよ」

「ええっ？　いいよ！　とにかく下ろして！」

アパートの近くの自動車整備工場の裏までたどり着き、男がようやく立ち止まった。ここならあまり人目につかない。

「うわっ」

どさりと肩から下ろされ、由多佳はよろめいた。担がれていただけなのに、結構息が上がってしまっている。

いつの間にか雨はやんでいた。ずぶ濡《ぬ》れな上にジーンズとスニーカーが泥《どろ》だらけで、我ながらひどい格好だ。

「……君、そろそろ帰りなさい」

肩で息をしながら、由多佳は男を見上げた。こうして並んでみると、彼がかなり長身であることがわかる。由多佳より頭一つ分くらい高いので、百八十五センチ以上ありそうだ。

「とりあえずあんたんち行く」

「…………はあ!?」

妙《みょう》なことを言い出した高校生を、由多佳はまじまじと見つめた。

「服が乾くまで匿《かくま》え」

「なっ、なんで僕が……っ」

男にぎろりと睨まれ、由多佳は首を竦めた。切れ長の目はやけに迫力があり、睨まれるとかなり怖い。

「今更《いまさら》放り出すのかよ。最後まで責任持てねーんなら喧嘩の仲裁なんかするんじゃねえよ」

男の言葉に、由多佳はうっと言葉を詰まらせた。確かに男の言うとおりかもしれない……。

「だ、だけど……」

「あんたに迷惑《めいわく》はかけねーよ」

数秒間迷ったが、彼の学生服もずぶ濡れで泥だらけなのを見て、由多佳は放っておくことができなくなってしまった。

「わ、わかったよ……」

くるりと背を向けて、アパートに向かって歩き出す。

（真子人が帰ってなきゃいいけど……）

同居している弟がまだ帰宅していないことを祈りつつ、由多佳は二階建ての木造アパートの外階段を上がった。

鍵を開けると、部屋は真っ暗だった。真子人がいないことにほっとし、手探りで電気のスイッチを入れる。見知らぬずぶ濡れの高校生など連れて帰ったりしたら、玄関先で一悶着《ひともんちゃく》ありそうだ。

「……どうぞ」

不本意ながら、高校生を招き入れる。

高校生はまったく遠慮する様子もなく、大きなスニーカーを脱ぎ捨てた。

狭《せま》い玄関を入ってすぐのところが六畳ほどのダイニングキッチンになっており、その奥に浴室がある。築二十年近い古いアパートだが、風呂とトイレが別々になっていて結構広いのが気に入っている。

物珍しいのか、高校生は無遠慮に室内を見回した。

「シャワー借りるぞ」

「ええっ?」

タオルを渡そうとした由多佳は、驚いて彼を見上げた。

「あんた先に入る?」

「い、いや、僕はいいけど……」

服はずぶ濡れだが、体まで濡れているわけではない。パーカーのフードを被っていたおかげで髪もあまり濡れていなかった。

「じゃあ借りる」

あまりにも強引なその態度に、由多佳は怒ることも忘れて唖然《あぜん》とした。ばたんと浴室のドアが閉まり、どっと力が抜ける。

「なんなんだよもう……」

いったいどうしてこんな妙なことになってしまったのだろう。由多佳がお節介を焼くのはいつものことだが、こういう展開は初めてだ。

唇を尖《とが》らせるが……次第になんだか可笑《おか》しくなってきた。

(変な高校生拾っちゃったな……)

まあ拾ってしまったものは仕方ない。あとでコーヒーの一杯でも淹《い》れてやるか、と由多佳は電気ポットのスイッチを入れた。

濡れたパーカーと泥だらけのジーンズを脱いで着替える。やがてシャワーの音がやみ、浴室のドアが開いた。

「おい、着替え」

「はあっ!?」

振り向いた由多佳は、どきりとして目を瞬《またた》かせた。

(うわ……最近の高校生は発育がいいというかなんというか……)

自分もつい最近まで高校生だったことも忘れ、由多佳は彼の体に見とれてしまった。

腰にバスタオル一枚巻いただけの彼は、とても高校生とは思えないほど大人びた体つきをしていた。広い肩から上腕《じょうわん》にかけて、形のいい筋肉がついている。胸板が厚く、首も腕も脹《ふく》ら脛《はぎ》もがっしりと太く、成熟した男の色香すら漂《ただよ》わせている。

「なんか着替え貸してくれ」

男が苛立《いらだ》ったように催促《さいそく》する。

「え、ちょ、ちょっと待って」

慌《あわ》てて由多佳は彼の体から目を逸らした。

(えーと……僕の服じゃサイズ合わないよな)

室内に干してあった真子人の洗濯物の中から、ジャージの上下を借りることにする。真子人も細身だが、百七十五センチあって由多佳よりは体格がいいので、なんとか着られるだろう。

「はい」

「サンキュ」

勝手にドライヤーを使いながら、彼は鷹揚《おうよう》に頷《うなず》いた。

(なんか……すごい偉そうな高校生だな……)

見た目も態度も、傲岸不遜《ごうがんふそん》そのものだ。

由多佳の周りにはこういうタイプはいない。いても絶対に友達にはなりたくない。

(とにかく早くお引き取り願おう……)

ため息をつき、由多佳はダイニングテーブルの椅子《いす》を引いて座った。

「はー、さっぱりした」

高校生も、由多佳の向かいの席にどさりと座る。

明るい場所で改めて見ると、彼はかなりの男前だった。切れ長の目、高い鼻梁《びりょう》、やや厚めの肉感的な唇が、精悍《せいかん》な輪郭《りんかく》の中にバランスよく収まっている。

男らしさとは無縁の容貌《ようぼう》の由多佳は、眉間《みけん》に皺《しわ》を寄せて目を逸らした。

「……………なんか飲む?」

「ビール」

「はあ!? 君、高校生だろう!」

ダイニングテーブルにばしんと手をついて立ち上がると、彼は唇の端《はし》を歪《ゆが》めて笑った。

「冗談だよ。あんたそういうのうるさそうだから、からかってみただけ」

むっとして、由多佳は唇を尖らせた。くるりと背を向けてコップに水道から直《じか》に水を汲《く》み、どんと高校生の前に置く。

にやりと笑い、彼はコップの水を美味《おい》しそうに飲み干した。

「……あっ、手、怪我《けが》してる！」

男の右手の甲に血が滲《にじ》んでいるのを見つけ、由多佳はさあっと青ざめた。乱闘の際、ナイフで切られたのかもしれない。

「ああ？　たいしたことねーよ」

「でも消毒しとかないと！」

血を見ると、ついついお節介心が頭をもたげてしまう。クロゼットから救急箱を持ってきて、ダイニングテーブルの上に置く。

「はい、手、出して」

向かいに座って消毒液片手に催促すると、彼は意外にも素直に手を伸ばした。

（おっきい手だなあ……）

テーブルの上に置かれた手を見て、由多佳は思わず見とれてしまった。由多佳の華奢な手と違って、男っぽいごつごつした手だ。

傷にスプレー式の消毒液を吹きかけて、ガーゼを畳《たた》んでそっと宛《あて》がう。ナイフの傷かと思ったが、刃物で切ったものではなさそうだ。多分殴り合いをしているときに切ったのだろう。

(そういえば真子人が小さい頃はこうやってよく傷の手当てしてやってたなあ)

用心深い子供だった由多佳は滅多《めった》に怪我などしなかったが、やんちゃな真子人はしょっちゅうどこかしらに擦《す》り傷や打ち身を作っていた。おかげで傷の手当てはお手のものだ。

「……さっきの喧嘩、原因はなんなの」

お節介ついでに聞いてみる。

「知らね。あいつら俺の存在自体がむかつくんだろ」

「じゃあ喧嘩売られても無視すればいいのに」

「そういうわけにはいかねえ。売られた喧嘩は買う。買って、喧嘩売った奴らに後悔させる」

男が忌々《いまいま》しげに主張する。由多佳には理解できないポリシーだ。

「だけど君、まだ高校生だろう。万が一警察沙汰になったりしたらどうするんだよ。怪我だって軽かったからよかったようなものの、相手はナイフ持ってたんだし……」

「あいつら本当に刺す気なんかねえんだよ。ナイフ見せりゃびびると思って振り回してるだけだ」

「そんなのわかんないよ。刺す気なくても刺さっちゃうことだってあるでしょう。とにかく喧嘩はだめだよ。相手が挑発してきても乗っちゃだめ」

ついつい、お説教に熱が入ってしまう。真子人にはよく「他人のことなんか放っておけ」と言われるのだが、生来の世話焼きなのか、言わずにいられないのだ。

「名前は?」

由多佳の説教を遮《さえぎ》り、高校生が身を乗り出す。

「え?」

ふいに、今し方手当てした大きな手が由多佳のほっそりした手をぐいと摑んだ。

「俺、地塩《ちしお》。あんたは?」

切れ長の黒い瞳《ひとみ》が、由多佳の紅茶色の瞳をじっと見つめる。

「……な、名前なんかいいだろう。そろそろ家に帰りなさい」

動揺して、由多佳は摑まれた手を引っ込めようとした。しかし地塩と名乗った高校生は、由多佳の手をしっかり握って離さない。

「ちょ、ちょっと……」

アパートの外廊下に足音が鳴り響き由多佳ははっとした。同時に、玄関のドアが勢いよく開く。

「ただいまーっ!」

ドアを開けたのは、弟の真子人だった。

地塩が玄関を振り返り、訝《いぶか》しげに眉を寄せる。

赤く染めた髪、ピアスとシルバーのアクセサリー、黒ずくめの服装は、美容専門学校に通っ

ている だけあって洒落《しゃれ》ている。由多佳の顔をより男の子らしくした顔なのだが、髪型や服装が与える印象が違いすぎるせいか、兄弟だと思われないことが多い。

「誰だよおまえ」

見知らぬ男が由多佳の手をしっかりと握り締めているのを見て、真子人がさっと顔色を変えた。

「おまえこそ誰だ」

地塩が、むっとしたように言い返す。

「はあ？　俺はここの住人なんだよ！」

いきなり喧嘩腰になった二人に、由多佳は慌てて間に割って入った。

「真子人、あとで説明するから……。君、もう帰りなさい」

真子人は普段はここまで喧嘩っ早くないのだが、兄が絡むと途端《とたん》に短気になる。ここで喧嘩をされても困るので、地塩の手を振りほどいて腕を引っ張った。

「あっ、なんで俺のジャージ着てんだよ？」

「それもあとで説明するから。はい、君、学生服」

そのへんにあった紙袋に浴室の前に脱ぎ捨てられていた学生服を拾って突っ込み、彼の胸に押しつける。

「おい、ちょっと待てよ」

「はいはい、さようなら！」

スニーカーをつっかけた地塩を、由多佳はドアの外に押し出して素早く鍵を閉めた。ついでにドアチェーンもがちゃりとかける。

「ふう……」

ドアにもたれて、由多佳はため息をついた。

地塩がごねるかと思ったが、しばしの沈黙《ちんもく》のあと、がさがさいう紙袋の音とともに足音が遠ざかってゆく。

「兄ちゃん、どういうことだよ」

真子人が玄関に仁王立ちになって睨みつけてくる。

「ああ……ごめん。真子人のジャージ借りちゃった。僕のじゃサイズが合いそうになくて」

「そーゆーことを聞いてんじゃねえよっ！」

「喚くなよ……ちょっと帰りに公園で高校生が喧嘩してて……」

「……まさか止めに入ったとか⁉」

真子人の剣幕《けんまく》にたじたじとして小さく頷くと、真子人が「あああーっ」と大きな声を出して天井を仰《あお》いだ。

「兄ちゃん、頼むから喧嘩の仲裁は小学生までにしてくれよ……！」

「わ、わかってる。だけど……」

「で、さっきのあいつはなんでうちにまで来たんだ？」

「それが……なんというか成り行きで……」

警察に追われたなどと言ったら、真子人が怒り狂うに決まっている。目を泳がせて、由多佳は言葉を探した。

「えーと、まあ僕が仲裁に入ってその場は収まって、さっきの子が雨でずぶ濡れだったし怪我してたから」

一応嘘ではない、と思う。由多佳がその場を収めたわけではないが、タイミング的にちょうど喧嘩が終了した。地塩が匿えと言ったことは伏せておく。

「兄ちゃんが高校生の喧嘩を収めた？　本当に？」

真子人が疑わしそうな目で由多佳をじっと見下ろす。

「な、なんだよ」

「……ま、いいや。ところでなんでさっきの高校生に手なんか握らせてたんだよ？」

真子人が下唇を突き出してふて腐《くさ》れた顔になる。そういう顔は、子供の頃とちっとも変わっていない。

「えっ？　いや、僕もそれがよくわからなくて……」

先ほど握られた手を無意識にさすりながら、由多佳は正直に答えた。

「……さっきのあの男、兄ちゃんに気があるんじゃないの？」

「何言ってるんだよ。全然そんなんじゃないって」

真子人の懸念《けねん》を、由多佳は笑って一蹴《いっしゅう》した。

真子人がその点を心配するのにはそれなりの理由がある。由多佳はたまに男にナンパされたり痴漢《ちかん》に遭《あ》ったりすることがあるのだ。

しかし地塩はナンパ男や痴漢とは全然タイプが違うし、単に警察から逃れるために由多佳を利用しただけのことだ。

「とにかく！　俺のいないときに知らない男を連れ込むなよ！」

「うん……わかった」

一人暮らしならまだしも、ここは真子人の部屋でもある。同居人の許可なしに他人を招き入れたのは悪かったなと思い、由多佳は素直に頷いた。

「兄ちゃんは危機感なさすぎなんだよ……。だいたい、赤の他人の喧嘩なんか放っておけばいいのに……」

まだ言い足りないのか、真子人がぶつぶつ呟《つぶや》く。

「あ、ジーンズ洗濯しないと。うわー泥だらけ」

これ以上蒸し返されたくなくて、由多佳はくるりと背中を向けた。

2

「中村く－ん」

――夕方六時。大学付属図書館を出たところで名前を呼ばれ、由多佳は振り返った。

手を振りながら声をかけてきたのは、同じ教育学部の同級生、福田杏奈《ふくだあんな》だった。

「これからカテキョ？」

綺麗にカールされた長い髪を揺らしながら、杏奈が尋《たず》ねる。

「いや、今日は休み。部活の試合なんだって」

「あ、じゃあさ、これから法学部の子たちとコンパあるんだけど来ない？」

「いや－……僕はそういうのはちょっと」

図書館の前で立ち話をする二人に、通りすがりの学生たちの視線が集まる。中にはわざわざ振り返って見ている者までいる。

すらりとした長身と華やかな美貌の杏奈は学内の有名人だ。来月行われる大学祭のミス慶明《けいめい》大学の本命と言われており、由多佳はよく知らないのだがファッション誌の読者モデルなどもしているらしい。

去年講義のノートを貸したことがきっかけで、杏奈はこうしてちょくちょく由多佳に声をかけてくるようになった。

「合コンってわけじゃないよ。他学部と交流しましょうって感じの軽い飲み会」

由多佳が合コンを敬遠していることを知っているので、杏奈がにっこり笑ってつけ加える。

「んー……でも遠慮しとくよ」

「えー、残念。中村くんと話してみたいって子、結構いるのに」

杏奈の言葉に、由多佳は曖昧《あいまい》に笑った。

優しくてガツガツしたところのない由多佳は、わりと女性に人気がある。友人の中には「福田さんって中村に気があるんじゃねえの?」などと言う者もいるが、由多佳はそれは違うと思っている。彼女にとって、由多佳は数多くの友人の一人なのだ。

(男だと思われてないってのもあるけど)

そのほうが、由多佳も気が楽だった。女性から異性として意識されるのはどうも苦手だ。男だと思われていないほうがつき合いやすい。大学に入ってから何度か交際を申し込まれたことがあったが、すべて丁重《ていちょう》にお断りしている。

ふいに由多佳は、半年ほど前に同級生の女の子に告白されたときのことを思い出した。緊張しながら「友達でいましょう」と言った由多佳に、彼女は苦笑した。

『なんか中村くんて、中学生みたい』

首を傾《かし》げる由多佳に、彼女は言った。

『中学生って言っても、欲望ギラギラのやりたい盛りのじゃなくて、まだ性に目覚めていないような可愛い中学生ね。まあそういう初々《ういうい》しいところも含めて好きなんだけど』

二十歳《はたち》にもなった男が同い年の女性に言われるセリフとしてはなかなかきついが、まったく腹は立たなかった。それどころか、言われてみてそのとおりだなと頷いてしまった。

そういう性分なのか、由多佳はかなりの奥手だ。同世代の男たちのように性欲に悩まされることもなく、誰かとつき合いたいと思ったこともない。

(恋愛に煩《わずら》わされるのって大変そうだから、僕はこのままでいいけど)

二十歳にしてまだ目覚めていないのか、それとももう枯《か》れ果《は》てているのか、できればこの先も恋愛とは無縁でありたいと思う。

二、三分彼女と立ち話をし、手を振って別れる。

(今日こそ買い出ししないと、食料がないしな……)

ここ数日買い物をしそびれてしまい、冷蔵庫が空っぽだ。

教育学部二年生の由多佳は、結構忙しい毎日を送っている。月曜日から金曜日までほぼみっちりと講義を入れており、その上週三回家庭教師のアルバイトもしている。家庭教師のない日も準備のために予習したり宿題を作ったりしているので、遊びに行くことは稀《まれ》だ。

しかしそれを不満に思ったことはない。生真面目《きまじめ》な由多佳にとって大学は勉強をするために通っているところなので、これが当たり前だと思っている。

由多佳の目標は、小学校の教師になることだ。少子化や地方自治体の財政難で、今や正規教諭《きょうゆ》は狭き門である。

とにかく、今できる努力はすべてやっておきたい。採用試験に落ちて非常勤講師をしている先輩たちの苦労話を知っているので、できれば新卒で採用試験に合格したいのだ。

由多佳の実家は山梨《やまなし》県にあり、母親が小さな美容室を営んでいる。幼い頃に父を亡くし、母の手で兄弟二人育てられてきた。昔からのお得意さんを多数抱《かか》えているとはいえ、美容室の経営は決して楽ではない。由多佳が地元の国立大学ではなく慶明大学に進学したのも、成績優秀者対象の授業料免除特待生に選ばれたからだ。弟の真子人が都内の美容専門学校に進学できたのも、由多佳の学費がかからなかったおかげだと母に言われている。

いつものように、寄り道せずにまっすぐ最寄りの駅まで帰り着く。

駅前のスーパーで特売のチラシ片手に野菜や肉、牛乳などをカゴに入れていく。真子人は実習などで夜遅くなることが多いので、買い出しはたいてい由多佳がやっている。

(あいつに買い物任せると、余計な物までいっぱい買ってきちゃうしなー)

会計を済ませて持参のエコバッグに丁寧《ていねい》に品物を入れ、由多佳はスーパーを後にした。

さすがに昨日の今日で公園を通る気にはなれなくて、由多佳は住宅街を歩いて帰宅した。

外壁に取りつけられている郵便受けを覗《のぞ》いてから外階段を上がる。

「……!」

階段を上りきったところで、由多佳はぎくりとした。

外廊下の一番奥、由多佳の部屋のドアの前に誰かが座っている。蛍光灯の明かりが届かないので顔が見えず、由多佳はその場に固まった。

「遅えぞ」

人影がゆっくりと立ち上がり、薄暗い蛍光灯にその顔が照らし出される。

部屋の前にいたのは、昨日の高校生、地塩だった。

「な……なんで……」

「これ返しに来た」

地塩が紙袋を掲げる。真子人のジャージを返しに来たのだろう。

(え……わざわざ返しに来るとは思わなかった……)

昨日の強引で偉そうな態度の印象が強烈だったので意外だった。歩み寄って受け取り、中を見るとジャージはきちんと洗濯して畳んであった。

(お母さんに洗ってもらったのかな)

地塩に対する印象が少しよくなり、由多佳はふっと口元を緩《ゆる》めた。

「わざわざありがとう。ドアノブにかけといてくれたらよかったのに」

「寒い。早く開けろ」

地塩が学生服のズボンのポケットに手を突っ込み、苛立ったようにドアを顎《あご》で指す。

「ええっ!?」

驚いて、由多佳は地塩の顔を見上げた。まさか部屋に上げろというのか。

「いやあの、困るよ」

「何が」

「何がって……ここは僕一人で住んでるわけじゃないから」

困り果てて、由多佳の眉がハの字に下がっていく。

十月初旬の夜は結構肌寒い。自分の帰りを待って長い間外にいたらしい彼に、普通だったら熱いお茶でも出そうという気になるだろう。しかし昨日の真子人の忠告が耳に甦《よみがえ》り、彼を部屋に上げることに躊躇《ちゅうちょ》する。

由多佳が鍵を開けようとしないのを見て、地塩が学生服のポケットからぴらっと何かを取り出した。

「中村由多佳ってのがあんたの名前？　それともこっちの中村真子人のほう？」

「ええっ？　あ、それ……っ！」

地塩が由多佳の前にかざしたのは、ダイレクトメールの葉書と封筒だった。

「ちょっと！　人んちの郵便物を……っ！」

慌てて彼の手から葉書と封筒を奪い取る。

「だって名前教えてくれねーんだもん。で、どっちだよ」

「君ねえ、勝手にポストを開けるのは違法行為だよ」

さすがに由多佳も腹が立ち、地塩を睨みつけた。

「なんかあんた、教師みたいだな」

地塩が肩を揺すって笑う。むっとして、由多佳は眉を寄せた。教師志望の由多佳だが、こんなふうにからかわれるのは不愉快だ。

「ジャージ返しに来てくれてありがとう。もう会うこともないね。さようなら」

素っ気なく言い、帰れというようにびしっと外階段を指さす。

「…………」

由多佳の言葉に、地塩がふいに真顔になった。無言で一歩前に踏み出し、由多佳に詰め寄る。

「……っ!?」

思わず由多佳は後ずさり、背中を自分の部屋のドアにぶつけてしまった。

目の前が黒い学生服の胸で遮られる。大きな手が伸びてきて、由多佳の顔の両脇にどんと手をつく。

(ひ……っ)

びくっと首を竦め、由多佳は反射的に目を閉じた。

「名前教えろ」

おそるおそる目を開けると、驚くほど間近に地塩の顔があった。黒い瞳が、じっと由多佳の目を覗き込んでいる。

「お、教える必要ないでしょう！」

半ば意地になって由多佳が突っぱねると、地塩が可笑しそうに笑った。

「俺に名前聞かれて答えない奴は初めてだなあ」

「……っ」

そのセリフに脅《おど》しじみた匂いを感じ取り、由多佳はごくりと唾を飲み込んだ。

「あんた、変わってんな。弱いくせに喧嘩止めに入ったり、この俺に説教かましたり」

地塩がじっと由多佳の目を見つめる。

その瞳に囚《とら》われたように、体が動かない。蛇《へび》に睨まれた蛙《かえる》……という言葉が頭をよぎる。

硬直する由多佳を面白そうに観察し、地塩がゆっくりと口角《こうかく》を上げて凄《すご》みのある笑顔を浮かべた。

「――――気に入った。俺のもんにする」

「………え!?」

何を言われているのかわからなくて、由多佳は目を白黒させた。

それは、舎弟《しゃてい》にしてやるとかそういう意味だろうか……。

「……いやあの、僕は……、痛っ」

丁重にお断りしようと口を開くと、両手首をがっちりと摑まれてドアに押さえつけられてしまった。

「んんんっ！」

抗議する間もなく、乱暴に唇を塞《ふさ》がれる。

目を白黒させて、由多佳は自分に口づけている男の顔を凝視《ぎょうし》した。黒く澄《す》んだ瞳が、焦点が合わないほど間近で光っている。

それはまるで猛獣の目のようで、こんな場合だというのに由多佳はその猛々《たけだけ》しさと美しさに見入ってしまい……。

（うわあああ！）

熱い舌が口腔《こうこう》内に押し入ってきて我に返り、由多佳はじたばたと暴れた。

しかし暴れれば暴れるほど、きつく押さえつけられてしまう。

（俺のものにするってそういう意味かあああっ!!）

ようやく地塩の言葉の意味を理解し、由多佳は愕然《がくぜん》とした。

まさかこの男にファーストキスを奪われるとは思ってもみなかった。しかもキスという甘い響きとはほど遠く、乱暴で強引で一方的で……。

「んううっ」

逃げ惑う由多佳の舌を、地塩が貪《むさぼ》るように追い詰める。

自分が何か大きな肉食動物に食べられそうになっているところを連想し、背筋がぞわりと粟《あわ》立《だ》つ。

（く、苦しい……）

次第に意識が朦朧《もうろう》とし、体の力がかくんと抜ける。

若い猛獣は、抵抗の弱まった獲物の柔らかな唇を思う存分貪り尽くした。由多佳の口腔内を隈《くま》なく舐《な》め回し、舌を吸う。

「ぷは……っ」

ようやく口腔内の蹂躙《じゅうりん》から解放され、由多佳は大きく喘《あえ》いで息を吸った。文句を言おうと口を開きかけるが、今度はパーカーの裾《すそ》をまくり上げられて目を剝く。

「うわあああっ！」

白い肌が外気に晒《さら》され、由多佳は叫んだ。

ドアに押さえつけられて、パーカーを胸までたくし上げられる。

「ちょっ！　ここをどこだと思ってるんだ！　外でこんな……っ！」

これ以上好き勝手にさせるわけにはいかない。身を捩《よじ》り、胸をまさぐろうとする地塩の手を振り払う。

由多佳の反撃に、地塩もむきになって応戦してきた。由多佳の細い肩を掴み、もう一度口づけようと覆い被さってくる。

必死で顔を背《そむ》けて、由多佳は歯を食いしばった。

「ひゃあぁっ！」

大きな手に胸をまさぐられ、その冷たさにぞくりとする。

冷えた手で急に触られたからだと思ったが、それだけではない何か未知の……体の芯《しん》が痺《しび》れるような感覚に首をびくっと竦める。

抵抗したいのに、全身からすうっと力が抜けていく。

このままではまずい。獣《けもの》に貪り尽くされてしまう――――。

ふいに、自分に覆い被さっていた地塩が「うっ」と呻いた。

「てめえ！　兄ちゃんに何してんだよ！」

(ま、真子人!?)

地塩の学生服の襟首を摑んで由多佳から引き剝《は》がしたのは、鬼のような形相《ぎょうそう》の真子人だった。

地塩が顔をしかめ、背後の真子人に肘鉄を入れる。

「いてえっ！」

真子人はあっさり尻餅をつき、脇腹を押さえた。

「ま、真子人……っ」

喧嘩に関してはあまりにも分《ぶ》が悪すぎる。身長体格でも劣《おと》るし、昨日目にした地塩の無駄のない動きには、由多佳と真子人が二人束になってもまったく歯が立たないのは見えている。

再び地塩に捕らえられそうになり、由多佳はまくれ上がったパーカーの裾を直して押さえながら叫んだ。

「さ、さっきの君の申し出だけどっ！」

地塩の動きが止まり、じいっと由多佳を見つめる。

猛獣が獲物《えもの》の出方を窺《うかが》っているような目つきに、足ががくがくと震える。

（う……怖い……でもここはきちんと決着つけないと……！）

気を持たすようなことは言わずに、きっぱりはっきり断らなくてはならない。曖昧な言い方をするとお互いのためによくないということを、由多佳は経験上よく知っている。

「……おっ、お断りします！」

――地塩が、むっとしたような不機嫌《ふきげん》な顔になる。

「もうアパートにも来ないで。迷惑だから……！」

震える声で、由多佳はとどめを刺した。

交際を迫る相手にとって、「迷惑だ」という言葉はかなりきつい部類に入る。由多佳も日頃は使わないのだが、しつこく迫られてほとほと困り果てた場合にのみ使うことにしている。

由多佳に迷惑だと言われた男は、さすがに皆しょんぼりして身を引いた……今までは。

しかし地塩はふんと鼻を鳴らし、ダメージを受けた様子もない。

「俺から逃げられると思うなよ」

（……はあ⁉）

目を見開き、由多佳は自分の耳を疑った。真子人も呆気《あっけ》にとられたように地塩の顔を見上げている。

地塩がにやりと不敵な笑みを浮かべ……くるりと背中を向ける。

アパートの外階段を下りていく足音が響き、由多佳は呆然《ぼうぜん》とドアにもたれたまま固まった。

「兄ちゃん！　なんなんだよあいつは！」

真子人がはっと我に返ったように立ち上がり、由多佳の肩を摑んで揺する。

「さあ……」

「さあじゃねーだろ！　俺の言ったとおりだったじゃん！　だから気をつけろって……！」

アパートの下を通りかかった老人が、真子人の喚き声に驚いたように振り返ったので、由多佳は慌てて真子人の腕を摑んだ。

「とにかく中に入ろう」

鍵を開けてドアを開き、真子人の背中を押して玄関に入る。

「……兄ちゃん、あいつに何された？」

靴を履《は》いたまま、真子人が低い声で詰問《きつもん》してきた。

「えっ、別に、何も」

「何もされてないわけないだろ！」

「いやあの、だから真子人の見たまんまってゆうか……何かされる前に真子人が帰って来てくれたし」

キスされたとは恥ずかしくて言えなくて、由多佳は視線を泳がせた。

「……ほんとに？」

ブラコン気味の真子人は由多佳の被害状況が気になるらしく、疑わしそうな目を向ける。

「ほんとほんと！　真子人のおかげで助かったよ」

真子人を安心させるように、由多佳は笑顔を作った。

「そっかあ、よかったあ」

兄の笑顔に、真子人もでれっと相好《そうごう》を崩す。

（………いやほんと、なかったことにしたい）

まさかのファーストキスを思い出し……由多佳は真子人に気取《けど》られないようにそっぽを向いてため息をついた。

3

週が明けた月曜日。

五限の講義を終えた由多佳は、大学の近くにある家庭教師派遣センターへと急いだ。

（いったいなんの用だろう……）

――――所長から、緊急の用件があるのですぐに会社まで来て欲しいと連絡があったのは、昼休みのことだった。

『今から……ですか？　すみません、今日は五限まで授業があるんですが……』

『じゃあ授業終わってからでいいから、とにかく早く来て！』

所長はそう言って電話を切った。何かひどく慌てている様子だったのが気になる。

由多佳が一年生のときから世話になっているアップル家庭教師派遣センターは、慶明大の裏門から徒歩五分ほどのところにある。三十代半ばほどの所長がなかなかのやり手で、派手な宣伝はしていないが、質のいい家庭教師を派遣することで評判がいい。

小さな雑居ビルの階段を上り、錆《さ》びたドアのインターホンを鳴らす。

「中村くん？」

由多佳が名乗るよりも先に、インターホンから所長の甲高《かんだか》い声が響いた。

「はい」

由多佳が返事をすると同時に、内側からドアが勢いよく開く。

「待ってたよ、入って入って」

所長がせかせかと手招きする。日頃から少々せっかちなところがあるが、今日は一段と落ち着きのない様子だった。

「座って座って」

黒いビニール製の応接用ソファを勧《すす》められる。ガラス製のローテーブルの上にはいつもどおり教科書や問題集が雑然と積み上げられていたが、その僅《わず》かな隙間に茶托《ちゃたく》に載った湯飲み茶碗《ぢゃわん》が出しっぱなしになっていることに気づく。

ここにはわりとよく出入りしているが、茶碗など初めて見た。中には薄い緑茶が手つかずで残っている。

（珍しいな……お客さんだったんだろうか）

ここは所長が一人でやっており、事務員や秘書などはいない。たまに生徒の親が訪ねてくることもあるが、この所長が来客にお茶など出しているところは見たことがなかった。

「中村くん、今受け持ってるのは三人だよね」

「はい」

高校生二人と、中学生一人だ。保護者から何かクレームでも来たのかと身構える。

　三人とも去年から継続して受け持っており、由多佳が家庭教師につくようになってから着実に成績を伸ばしている。相性的にも特に問題はないと思うのだが……。

「急で悪いんだけど、今日から別の生徒を受け持って欲しいんだ」

「……え、これ以上受け持ちを増やすのはちょっと……」

「いやいや、そうじゃなくて、今受け持ってもらってる生徒はみんな他の学生に回すから、新規の生徒を週六日見て欲しいんだ」

「ええっ？　週六日ですか⁉」

　あまりに突拍子《とっぴょうし》もない申し出に、由多佳は目を丸くした。一人の生徒に同じ家庭教師が週三、四回つくことはあるが、週六日など聞いたことがない。

「無理です、週六日なんて」

「そこをなんとか」

　所長が切羽《せっぱ》詰まった顔で、額《ひたい》の前で手を合わせる。所長がそんな必死な態度を取るのは初めてのことだ。

「あの……いったいどういうことなんですか？」

　居住まいを正し、由多佳は所長に尋ねた。所長は多少自分勝手なところはあるが、今までこんな無理難題を持ちかけてきたことはない。それに、何かひどく焦っているような様子も気になる。

ポケットからくしゃくしゃのハンカチを出し、所長は額の汗を拭《ぬぐ》った。

「ほんと僕も困ってるんだ……。今日の午前中いきなり来客があって、君を専属で雇《やと》いたいって申し入れがあって……」

所長が立ち上がり、デスクの上から一枚の名刺《めいし》を取り上げる。

「僕ももう、何がなんだかわけわかんないよ。中村くん、この人知ってる？」

名刺を手渡され、由多佳はそこに印刷された文字を目で追った。

――アールトラストコーポレーション専務取締役、椋代義彦《むくだいよしひこ》。

まったく聞いたことのない名前だ。会社名にも心当たりはない。

「いえ、全然。どなたか、生徒の親御さんの紹介とか……？」

所長が髪をぐしゃぐしゃと掻《か》き回し、独り言のように呟く。

「もうね、そういうんじゃないんだよ……中村くんどこであんな人と知り合ったの……」

いきなり所長がガラステーブルに両手をつき、がばっと頭を下げる。

「頼む！　このとおり！　マジでこのセンターの存続の危機なんだ！　君を派遣しないと僕は……僕は破滅《はめつ》だあーっ！」

「えええっ⁉」

所長に頭を下げられて、由多佳は驚いて腰を浮かせた。

「大丈夫！　週六日なんて言ってるけど、向こうに行ってから週三日にして下さいって言えばいいから！　時給は今までの倍出すから！　お願い！」

立ち上がりかけた由多佳の手をがっちり摑み、所長が懇願《こんがん》する。

「ちょ、ちょっと待って下さい」

「とりあえず行ってみて、嫌だったら断ってもいいから！」

ここまで必死に頼まれると、由多佳も無下《むげ》にできなかった。

「……わかりました。一度その生徒さんに会ってみます……」

所長の勢いに押されるように頷くと、所長の顔がぱあっと明るく輝く。

「ありがとう！　じゃあさっそくこれから行ってもらえるかなっ」

「え、今日これからですか!?」

「そう！　住所はここ、わからなかったらこの番号に電話して下さいって」

Ａ４のコピー用紙に丁寧に地図が書かれており、隅《すみ》に椋代氏の携帯番号が書かれている。

（あれ？　家は名字が違うんだ……）

てっきりその椋代氏の息子か娘が生徒かと思ったが、地図の家には別の名字が書かれていた。

「さあさあ、善は急げ！　今までの生徒さんの親御さんたちには、僕から説明してよーく謝っておくから！」

「は、はい……」

所長に追い立てられるようにして、由多佳はアップル家庭教師派遣センターを後にした。

（えーと……この辺かな）

新しい生徒の家の最寄り駅は、由多佳のアパートと同じ私鉄沿線上にあった。初めて降り立った駅から歩いて約十分。すっかり暗くなった住宅街を、地図片手にうろうろする。この辺りは大きな一戸建てが多く、どうやら高級住宅街らしい。

（特にこの家……やたらでかい）

さっきからずっと高い塀《へい》に囲まれた屋敷の周りを歩いている。目的の家は多分この近くなのだが、塀がどこまでも続いてなかなか番地を確認できない。

角を曲がり、ようやく屋敷の門が見えた。純和風の立派な門には大きな松の木が覆い被さっており、寺か旅館のような佇《たたず》まいだ。

門を見上げながら通り過ぎようとして、木の表札が目に入る。

墨《すみ》で黒々と書かれた『龍門《りゅうもん》』という文字に、由多佳ははたと足を止めた。

（え、ここ⁉）

まるで要塞《ようさい》のような門を見上げ、由多佳はあんぐりと口を開けた。

ぴったりと閉ざされた分厚い木製の扉に、緊張感が込み上げる。

（うわー……なんか、とんでもないところに来ちゃったような……）

いったいこの椋代という人物は、どこで由多佳のことを知ったのだろう。訝《いぶか》しみつつ、黒い石段を上がって門扉《もんぴ》の前に立つ。

おそるおそるインターホンに指を伸ばすと、由多佳がそれを鳴らすよりも先にランプが点滅し、かちっとスイッチが入った。

『――中村先生ですね。お待ちしておりました』

「えっ、は、はいっ」

見上げると、門扉の屋根の下や門柱から三台の監視カメラが見張っている。向こうからは、由多佳の一挙手一投足《いっきょしゅいっとうそく》が丸見えなのだろう。

数秒後、門扉がすっと開いた。黒っぽいスーツを着た長身の男が出迎える。

「あの……椋代さんというかたに……」

ご紹介いただいて参りました、と続けようとすると、男が短く遮った。

「私が椋代です。どうぞ」

落ち着いた声音《こわね》は、先ほどのインターホンの声だ。

「はいっ、お邪魔します」

ぺこっと頭を下げて、男の顔を見上げる。

歳は三十代半ばくらいだろうか。名刺に専務取締役とあったので、もっと年配の男性を想像していた。黒々した髪をきっちりと撫でつけ、高そうなスーツを隙なく着こなしている。由多佳を見ても愛想笑いの一つもせず、やや面長の整った顔立ちは妙に迫力がある。

由多佳を値踏みするようにじろりと見下ろし、椋代は背を向けた。

「…………」

(う……なんかちょっと怖いんですけど……)

無愛想な男の後に続いて、由多佳は屋敷内に足を踏み入れた。白いスニーカーは汚れてはいないが、両脇に黒い玉砂利《たまじゃり》が敷き詰められた石畳《いしだたみ》には似つかわしくないことこの上ない。服装も、コットンパンツと長袖Tシャツ、ジップアップパーカーという普段着だ。

(前もってわかっていれば、成人式のときのスーツ着てきたのに……)

石畳の道は結構長く、大きな石灯篭《いしどうろう》が二つ鎮座《ちんざ》していた。それぞれ異なった龍の意匠《いしょう》が施してある。石の龍にも睨まれている気がして、由多佳はびくびくと首を竦めた。

(それにしても、この人も背が高いなあ……百九十くらいあるかも)

長身で肩幅の広い後ろ姿、男前で強面《こわもて》なところが、先日の高校生を思い出させる。

——俺から逃げられると思うなよ。

不穏《ふおん》なセリフを吐いて立ち去った地塩は、あれ以来由多佳の前に現れていない。

真子人と二人、彼がまたアパートに現れたらどうしようと心配していたので、なんだか肩すかしを食った気分だった。

(あの場は引っ込みつかなくなって、あんなこと言ったんだろうけど)

このまま忘れてくれたらいいのだが……などと考えていると、木々の間から屋敷の全貌《ぜんぼう》が見えてきた。

純和風の豪邸《ごうてい》だ。庶民《しょみん》の由多佳から見ると、個人の家とは思えないほどの造りである。

「いらっしゃいまし！」

玄関に近づくと、内側から引き戸が軽やかな音を立てて開いた。スーツの男とは対照的に、濃紺《のうこん》の作務衣《さむえ》姿の若者がにこにこと愛想のいい笑顔を浮かべている。

……由多佳の背中に、つうっと冷や汗が流れた。

作務衣の袖からちらりと覗く腕に、鮮《あざ》やかな色彩の入《い》れ墨《ずみ》がある。

（こここれは、ひょっとして……）

世事《せじ》に疎《うと》い由多佳にも、この家はどうやらただの社長宅ではなさそうだということがわかった。

「どうぞ」

椋代に促《うなが》され、由多佳は慌てて靴を脱いだ。

（なんで!?　なんで僕に、その筋のおうちからオファーが!?）

入れ墨の若者が揃《そろ》えてくれたスリッパに履き替え、操り人形のようにぎくしゃくと廊下を歩く。外観同様屋敷の中も立派だったが、もう由多佳には美しい装飾を眺《なが》める余裕はなかった。

（道理で所長がものすごく怯《おび》えてたわけだ……）

今思えば、所長は椋代に脅されたのかもしれない。所長はやり手のくせにいつまで経《た》っても事業拡大できないのは、キャバクラ通いに相当の金をつぎ込んでいるからだと先輩家庭教師に聞いたことがある。借金もあるらしいので、何か弱みを握られたのかもしれない……。

(これは……断れるのか……⁉)

どうやって断ろうかとぐるぐる考えるが、焦るばかりで考えがまとまらない。

広々した庭に面した廊下は複雑に入り組んでおり、自力では玄関に戻れそうもなかった。何度も角を曲がり、風流な屋根つきの渡り廊下を渡って、ようやく椋代が立ち止まった。

すっと廊下に膝をつき、障子《しょうじ》の中へ声をかける。

「――坊ちゃん、お連れしました」

障子の内側から「ああ」と短い返事が聞こえる。

椋代がすっと障子を開けると、広い和室が現れた。

「…………」

床の間の龍を描いた掛《か》け軸《じく》を背に、黒っぽい着物をぞろりと着流した男が胡座《あぐら》をかいている。

「――ああっ！」

その顔を見て、由多佳は思わず叫んだ。

彼――地塩が、由多佳を見上げてにやりと不敵な笑みを浮かべる。

「よう、中村由多佳、先生」

わざとらしく先生とつけて、地塩が鷹揚に片手を挙げた。

咄嗟《とっさ》に事態が飲み込めず、由多佳はあんぐりと口を開けたまま地塩を凝視する。

「龍門地塩さんです。我が社の社長の息子さんです」

椋代に耳打ちされ、びくっと肩を竦める。

(な、なにい……!?)

地塩というのはてっきり名字だと思い込んでいた。派遣センターの所長に生徒の名前を尋ねなかったことを心底後悔する。

(地塩くんがこの家のお坊ちゃん……この家はどう見ても堅気《かたぎ》ではなさそう……つまり地塩くんは……)

棒立ちになったまま、ごくりと唾を飲み込む。

地塩に顎で座卓の向かいの席を指される。

「まあ座れよ」

(うう……)

普通の家だったら、速攻で家庭教師をお断りして帰るところだ。だがこの状況でそれができるほど由多佳は気が強くない。

仕方なく、由多佳は座卓の前の紫色の座布団の上にちょこんと正座した。

地塩は腕組みをし、面白そうに由多佳の一挙一動を眺めている。

座卓を挟《はさ》んで地塩と向かい合うが、まだ衝撃の余韻《よいん》が冷めやらず、由多佳は俯《うつむ》いて膝の上で両手を握り合わせた。

（こういうことだったのか……）

地塩は由多佳を諦《あきら》めていなかったらしい。どこからかバイト先を調べ、手を回したのだろう。ようやく状況が見えてきた由多佳は、次第に落ち着きを取り戻し始めた。

（それにしても、普通ここまでするか⁉）

あまりに常軌《じょうき》を逸《いっ》したやり方に腹立たしさが込み上げてくる。顔を上げ、由多佳は正面から地塩を睨みつけた。

目が合うと、地塩がふんぞり返るようにしてふふんと笑う。

「言っただろ。俺から逃げられると思うなよ、って」

「……っ」

「若頭《わかがしら》、お茶持ってきましたあ！」

緊迫した空気を掻き消すように、障子の向こうから明るい声が響いた。椋代が、すっと障子を開ける。

「若頭ではない。専務と呼べ」

「あ、そうでした。慣れなくてつい」

お茶を運んできたのは、先ほどの坊主頭の若者だった。にこにこ笑いながら座卓の上に湯飲み茶碗を並べ、由多佳に「粗茶ですが」と話しかける。

坊主頭が和室から出て行くと、再び和室に静寂が訪れた。

（若頭……ってことは、やっぱりその筋だよな……）

さっき椋代は地塩のことを『社長の息子』と紹介した。社長というのは、組長のことであろう。

（組長の息子……）

ごくりと唾を飲み込み、さっきよりも幾分上目遣い気味に由多佳は地塩を窺った。

「先生、家庭教師の件ですが」

「あ、はいっ」

椋代に切り出され、由多佳は慌てて姿勢を正した。

「地塩さんは現在晃徳学園高校の三年生です。ちょっとトラブルがあって、今は停学中です」

「停学……？　もしかしてこないだの？」

公園での乱闘が、学校側に知られたのだろうか。

「違う。あのあとあいつらが学校でいちゃもんつけて来やがったから」

「……十人相手に校舎で乱闘し、うち三人を病院送りにしちまったもんで」

椋代が眉間に皺を寄せ、はあっと大きなため息をつく。

（う……）

背中をつうっと冷や汗が流れる。田舎の進学校で平和な日々を送っていた由多佳には、学校で乱闘などというエキサイティングな高校生活は想像がつかない。

「もうすぐ停学は明けますが、復学されるかどうかは未定です。そこで、先生には週六日みっちりと勉強を見ていただきたい」

「ちょ、ちょっと待って下さい。僕も授業があるので、毎日は無理です」

相手がヤクザでも、これだけはどうしても譲れない。特別奨学生の由多佳は、留年はもちろん成績不振も許されない身なのだ。成績が下がれば、翌年から授業料免除が反故《ほご》にされてしまう。私立大学の高い授業料を母親に払わせることはできない。

「今までは何曜日に家庭教師をされていたのですか」

予想に反して、椋代はごねることなく淡々と問うてきた。

「ええと、月木の夜と、土曜日ですが……」

「ではそれでお願いします。先生の都合のいい時間で構いませんので」

つられて「はい」と頷きそうになり、由多佳はぎょっとした。いつの間にか家庭教師をすることになっている。週六日だろうが週三日だろうが、地塩の家庭教師をするつもりはない。なんせ彼は、ほんの数日前、無理やりキスした男なのだ——。

「いえあの、僕は……っ」

地塩くんの家庭教師はできません、と言おうとすると、椋代がすっくと立ち上がった。

「ではさっそく今日からお願いします」

有無を言わさぬ口調で切り上げられ、由多佳は椋代に上手《うま》く誘導されてしまったことに気づいた。言い返そうと顔を上げると、椋代にじろりと睨《ね》めつけられる。

(ひぃぃーっ)

椋代が少々大袈裟《おおげさ》なくらいに目を眇《すが》める。その目は『俺に逆らうなよ、わかってるな?』と語っていた。

(こっ……怖い)

最初は物静かな紳士風だった椋代の本性をちらりと見せられ、由多佳は怯えた。きっと所長も、この目で一瞥《いちべつ》されて震え上がったに違いない。

椋代は、弱冠《じゃっかん》二十歳の世間知らずの大学生が敵《かな》う相手ではない。

(だったら彼……地塩くんを説得するしかない)

椋代のいないところで家庭教師を断ろう。組長の息子とはいえまだ高校生だ。椋代相手よりはなんとかなりそうだと希望を繋《つな》ぐ。

「坊ちゃんのお部屋に行かれますか」

「いや、ここでいい」

「では私は失礼します。先生、よろしく」

由多佳が固まっている間に椋代は廊下に出て、来たときと同じように膝をついて障子を閉めた。

「……ちょっと！　こういうやり方はひどいんじゃない？」

さっそく由多佳が突っかかると、地塩が不機嫌そうに顔をしかめた。

「ああ？　これが俺のやり方だ。文句あんのか」

「あるよ！　お、お父さんの会社の人使ってまで、僕のバイト先に手を回すなんて……っ」

「俺は目的のためなら手段は選ばねーんだよ」

地塩の威圧的な口調に少し怯んだが、ここで折れるわけにはいかない。

「そういうのってよくないよ。人にものを頼むときにはそれなりのやり方が……」

目の前の生徒に言い聞かせようと、由多佳は言葉を探した。

「ったく、ごちゃごちゃうるせえな」

「――――!?」

突然地塩が立ち上がったので、由多佳もつられて立ち上がる。

地塩の行動は素早かった。大股で座卓の横をつかつか歩いて、由多佳の前に立ちはだかる。

「ひゃ……っ」

両方の二の腕をがっちり掴まれ、由多佳は首を竦めた。

――――殴られる。そう思って、ぎゅっと目を瞑《つぶ》る。

しかし拳は降ってこなかった。代わりに、力任せに畳の上に押し倒される。

「う、うわっ！」

両手首を畳に押しつけられ、大きな体がのしかかってくる。先日と同じようにキスされそうになり、由多佳は渾身《こんしん》の力で地塩の下から逃れようともがいた。

「やめろ……っ」

頬《ほお》にかかる地塩の荒い息遣いが、恐怖を増幅させる。

地塩が力任せに由多佳の唇を奪おうとし、そうはさせまいと由多佳は必死に顔を背けた。

大きな口が、焦《じ》れたように由多佳の細い首筋にがぶりと噛《か》みつく。

「い、いやだああああ!!」

半ば涙目になり、由多佳は叫んだ。

同時に、すーっと障子が開く。

「――――坊ちゃん」

地塩が由多佳を押し倒して首筋に齧《かじ》りついているというのに、椋代は顔色一つ変えなかった。

慌てる素振りもなく部屋に入ってきて、地塩の両脇に腕を入れて由多佳から引き剝がす。

「離せ！　勝手に入ってくるんじゃねえよ！」

椋代に羽交い締めにされた地塩が、猛獣のように暴れる。

地塩から逃れることができた由多佳は、腰を抜かしたまま呆然と目の前で暴れている地塩を見つめた。

「坊ちゃん、いきなり押し倒してはいけません。物事には順序というものがあります」

椋代が淡々と言い含める。

「うるせえ！　俺は俺のやり方でやる！」

「坊ちゃんのやり方は堅気の人には通用しませんよ」

地塩が抗議するように唸《うな》り声を上げ、由多佳はびくりと体を震わせた。椋代が大袈裟にため息をつき、地塩を羽交い締めにしたままずるずる引きずって元の席に連れ戻す。

「すみません先生。私が見張っておきますので、勉強を始めて下さい」

「……ええええっ!?」

こんなことがあったのに、まだ続けろと言うのか。今日はもう帰りますと言おうと口を開きかけるが、椋代がそれを封《ふう》じるように廊下に向かって手を叩《たた》く。

「おい勇太《ゆうた》、坊ちゃんの部屋から教科書とノート持ってこい」

「はいっ」

先ほどの坊主頭の声がして、たたたっと廊下を走る音がする。

「坊ちゃんが勉強したいと言われたから、こうしてご指名の家庭教師の先生に来ていただいたんですよ。勉強しないのでしたら中村先生にはお帰りいただきますが」

まだ暴れている地塩に、椋代が噛んで含めるように言い聞かせる。

「……ああ、勉強してえなあ！」

地塩が自棄《やけ》気味に吐き捨て、ようやく暴れるのをやめた。

「お待たせしましたっ」

勇太と呼ばれた若者が、黒塗りの立派な盆を座卓の上に置く。盆には数学と英語の教科書やノート、筆記具が並べられていた。

「先生、さあどうぞ」

（さあどうぞと言われても……）

椋代に着物の袖をしっかりと摑まれ、地塩が血走った目で由多佳を凝視している。

（う……帰りたい……でも言えない……）

向かいの席から地塩と椋代にそれぞれ睨まれ、由多佳はごくりと唾を飲み込んだ。

……仕方がない。今は我慢して家庭教師をして、この時間をやり過ごすしかない。

震える手で盆の上の教科書を手に取り、ぱらぱらとめくる。まさか今日新規の生徒を受け持つことになるとは思っていなかったので、どうやって習熟度を計ろうかと悩む。

「えっと……今どこまで習ってるの？」

教科書に目を落としたまま尋ねると、大きな手がにゅっと伸びてきた。由多佳の手から数学の教科書を奪い、ページを開いて差し出す。

「ここ」

教科書を突き返され、由多佳は受け取って素早く目を通した。単元ごとに基礎問題と応用問題が載っている。これを解かせてみれば、だいたいの学力がわかりそうだ。

「じゃあまず……今まで習ったところの基礎問題を解いてみて。わからないところは飛ばしていいから」

とんでもない状況での家庭教師スタートとなったが、教科書を見ているうちに由多佳は落ち着きを取り戻し始めた。

教師志望だけあって、由多佳は人に勉強を教えることが好きだ。習熟度の低い生徒にも丁寧に根気よく教えることができるので、保護者からも評判がいい。

勉強を教えること、生徒のやる気を引き出すこと、それは何よりも自分に向いている仕事だと思っている。

小学校の教師になりたいと思い始めたのも、元はといえば子供の頃に真子人に家で勉強を教えていたのがきっかけだった。そのうち真子人の友達数人も宿題を持って由多佳の家に集まるようになり、まとめて面倒を見るようになった。真子人の友達の母親に、うちの子がちゃんと宿題をやるようになったと感謝されたこともある。

(いつもの家庭教師と同じようにやればいいんだ)

言われたとおり、地塩がノートを広げて問題を解き始める。家庭教師なんて自分を呼び出す口実で、勉強する気などまったくないのでは……と疑っていたが、そういうわけでもなさそうだ。

「できた」

しばらく問題と格闘していた地塩が、ノートと教科書を由多佳のほうへ押しやった。

受け取って、赤ペン片手にチェックする。

(思ったよりできてるな……苦手な単元はあるみたいだけど)

中学校までの数学はきちんとできていることにほっとする。今まで教えた高校生の中には小学校の分数計算からやり直さなくてはならない生徒もいたので、それに比べたらかなりましなほうだ。

「じゃあここと……ここの応用問題をやってみて」

基礎が理解できている単元を選んで指示する。その間に英語の教科書をめくり、練習問題をピックアップして付箋《ふせん》を貼《は》っていく。

いつの間にか椋代の存在を忘れ、由多佳は家庭教師の仕事に没頭《ぼっとう》した。

「先生、今日はこの辺で」

英語の習熟度をチェックしたあと、数学の苦手な単元の基礎を教えたところで、椋代が切り出した。腕時計を見ると、勉強を始めてから二時間以上経っている。

「あ、すみません。つい長引いてしまって」

いつもは一回一時間半程度なので、ずいぶんオーバーしてしまった。座卓の上を片づけて、由多佳は腰を浮かせた。

「あー、腹減った。先生も夕飯食ってくだろ?」

地塩が大きく伸びをしてから立ち上がる。

「えっ、い、いいよ」

慌てて両手を振る。勉強中はうっかり忘れていたが、この状況からは一刻も早く逃げ出さなくてはならない。

「なんだよ、遠慮すんなよ」

「遠慮してるんじゃないよ。僕もう帰らないと……」

「しかし、家庭教師の先生には食事を出すもんでしょう」

椋代も納得のいかなさそうな顔をする。

「いえあの、アップル家庭教師派遣センターでは、親御さんのご負担を減らすために、基本的に食事はなしという方針になっておりまして……」

嘘ではない。しかしそれは建前で、時には夕食をご馳走《ちそう》になることもあるのだが……由多佳は頑《かたく》なに固辞《こじ》した。

「……そうですか。では車でお送りします」

「ええっ、そんな、結構ですっ」

由多佳は更に激しく両手を振った。少々遅くなったとはいえ、まだ電車はある時間だ。それにこの若頭に車で送ってもらうなんて怖すぎる。

二人のやり取りを不機嫌そうに見守っていた地塩が、由多佳ににじり寄った。

「もう遅いし、泊まっていけ」

「………は?」

耳を疑い、由多佳は眉を寄せて地塩の顔を見上げた。

「なんなら住み込みでもいいぞ」

地塩がにやりと笑って由多佳を見下ろす。

(冗談じゃない……!)

いきなり押し倒してくるような野獣と一つ屋根の下で過ごすなど、考えただけで鳥肌が立つ。

「……結構です!」

地塩を見据えて、由多佳はぴしりと言い放った。トートバッグにペンケースをしまい、何がなんでも帰るという強い意志を示すように自ら障子を開ける。

「っ!」

障子の外、廊下に勇太が正座していて、由多佳はぎょっとした。

家庭教師をしている間中、ここで控《ひか》えていたのだろうか。椋代だけでなく彼にも見張られているようで、いい気持ちはしなかった。

「お帰りですか？　ご案内します」

勇太が立ち上がって、にこやかに先導する。自力ではとても玄関までたどり着けそうにないので、由多佳は黙って彼の後に従った。

地塩と椋代もその後ろからついてくる。由多佳を引き留めることは諦めたのか、地塩もそれ以上は何も言わなかった。

来たときとは違う経路で玄関まで誘導される。まるで迷路のようだ。

(何かあったときのために、わかりにくくしてるんだろうな……)

戦国時代の城のようだと思う。こういう家に住んでいるということは、それなりに敵も多いのだろう。改めて自分が今ヤクザの組長の邸宅にいるのだと自覚し、由多佳はぶるっと肩を震わせた。

「では、失礼します」

靴を履いてから、由多佳は振り返ってぴょこんと一礼した。

地塩が三和土《たたき》に降りてきて、素足に白い雪駄《せった》をつっかける。

「送る」

真横に立たれ、由多佳はびくっとして後ずさった。

「ええっ、いいよ……っ」

しかし地塩はさっさと玄関の引き戸を開けて先に出て行く。

(門のところまで送るってことか)

それくらいなら、目くじらを立てなくてもいいだろう。由多佳も地塩に続いて外に出た。

石畳の道を、地塩、由多佳、椋代の順で無言で歩く。

月明かりに光る黒い石畳に、地塩の雪駄が小気味いい音を立てる。男っぽい大きな素足と雪駄という組み合わせは、妙に色気があった。

(なんか地塩くんて……中身は子供っぽいけど……)

思いがけない再会に驚き、そのあとは勉強を教えることに夢中で余裕がなかったが、改めて地塩の着流し姿に見とれてしまう。

大きな背中、広い肩幅、厚みのあるがっちりとした体軀《たいく》に黒い着物がぴたりと貼りついている。腰の低い位置で無造作に締めた帯がいかにも着物を着慣れている風で、とても高校生には見えない。

(……な、何見とれてるんだ)

ついつい地塩の後ろ姿に見入ってしまい、由多佳は慌てて目を逸《そ》らした。

門まで来ると、椋代が暗証番号を入力して通用口を開けてくれた。

「それじゃあ、ここで……」

微妙に目を逸らしながら軽く会釈《えしゃく》する。

「駅まで送る」

由多佳の挨拶《あいさつ》を、地塩が有無を言わさぬ口調で遮った。

（う……）

困って椋代を見やるが、地塩を止めることなく黙っている。

（仕方ない……まあ駅までなら……）

住宅街の夜道を、由多佳は地塩と肩を並べて歩いた。地塩がさりげなく車道側を歩き、数歩下がって椋代がついてくる。

無言で歩くのは気詰まりだったが、かといって自分から話しかける気にもなれない。

やがて人通りの多い駅前の商店街にさしかかる。すれ違う人たちが、由多佳たちにちらちらと視線を寄越す。

（この人たち、目立つからなあ……）

長身で迫力のある地塩と椋代は、ただ歩いているだけでもかなり目立つ。特に地塩は着流し姿なので尚更《なおさら》だ。若い女性の中にはわざわざ振り返って見ている人もいる。

女性たちの熱い視線に、由多佳はたじろいだ。

（なんか皆さん、目がハートになってるんですけど）

背も高いし男前だし、この二人は半端なく女性にもてるのだろうなとしみじみ思う。

（わざわざ僕にちょっかい出さなくても、女性でも男性でもよりどりみどりだろうに……）

ちらりと隣を歩く地塩の横顔を見上げる。街灯に照らされたその横顔は、どきりとするほど美しかった。

猛獣っぽいところはあるが、こういう男くさいフェロモンを撒《ま》き散らしているタイプが好きな女性も大勢いるだろう。

(……………何がきっかけだったんだろう)

なぜ地塩が自分を気に入ったのか、由多佳にはさっぱりわからなかった。

颯爽《さっそう》と現れて乱闘の仲裁をした、というなら格好いいが、実際は仲裁どころかかえって足手まといになってしまった。

一目惚《ひとめぼ》れされるほど抜群の美貌を持っているわけでもない。たまに男にナンパされたり痴漢されたりすることもあるが、それは男にもてるからというより気が弱そうだからつけ込まれているだけだと思っている。

ようやく駅の改札が見えてきて、由多佳はほっとしてトートバッグから定期入れを取り出した。

「送って下さってどうもありがとうございました！　ではここで失礼します！」

目を合わせないように礼を言い、地塩からすっと離れる。地塩が何か言おうとするのが目の端に映ったが、由多佳は気づかないふりをして背を向けた。人の流れに乗って、改札を通り抜ける。

（やっと一人になれた……）

胸を撫で下ろし、足早にホームへの階段を上る。ホームの中ほどまで歩いて立ち止まり、電光掲示板を見上げる。

「!?」

背後から雪駄の音がして、由多佳はびくりと肩を震わせた。

振り向くと、地塩と椋代が連れ立ってホームを歩いてくる。二人は由多佳の傍まで来て立ち止まった。

「――――坊ちゃんが、アパートまでお送りするそうです」

椋代が無表情のまま、しかし声に呆《あき》れと苛立ちを滲ませながら言った。多分組長の息子のお目付役的存在であろう彼にとって、地塩の行動は理解しがたいのだろう。

「い、いいです……っ」

思わず後ずさると、地塩が詰め寄ってきた。

「遠慮すんな」

「遠慮してるわけじゃなくて、こういうのは困るよ……っ」

ホームには他の客もいるので、由多佳は声を潜《ひそ》めて地塩を見上げた。

「俺が勝手についていくだけだから気にするな」

「いやだから、ついてこられると困るんだって！」

「そんじゃ送るのはやめる。たまたま同じ電車に乗るだけだ」

地塩がふふんと笑い、腕を組んで由多佳を見下ろす。

「そ、そんな屁理屈《へりくつ》……っ」

「ほら、電車来たぞ」

「ひ……っ！」

地塩に肩を叩かれ、由多佳は飛び上がった。

由多佳の肩を叩いた大きな手が、図々《ずうずう》しく肩を掴んで抱き寄せようとする。

（こうなったら徹底無視だ……！）

こんな場所でこれ以上押し問答になって皆の注目を浴びたくない。地塩を無視することに決め、由多佳は肩を掴む手からするりと逃げて電車に飛び乗った。


（なんでこんなことになっちゃったんだ……）

電車内で、どさくさに紛《まぎ》れて腰を抱き寄せようとする地塩と無言の攻防を繰り広げた由多佳は、ぐったりしながらアパートの外階段を上った。

電車に揺られるたびに地塩が体を寄せてきて、他の乗客に気づかれないように振り払い、しかし満員に近い車内では完全に振り払うこともできず……。

廊下を歩いていると、一番奥の部屋のドアが内側から勢いよく開いた。

「兄ちゃんおかえりぃ！　遅かったから心配してた……」

真子人の満面の笑顔が、由多佳の背後を見て瞬時に凍りつく。

「ただいま……」

もう笑顔を浮かべる気力もなく、由多佳は憔悴《しょうすい》しきった顔で呟いた。

対照的に、地塩は余裕の笑みを浮かべて真子人を見下ろす。

「よう、真子人。おまえんとこの兄貴送り届けに来たぞ」

「なっ、よ、呼び捨てにすんな！　もう来るなって言ったはず……っ」

真子人のセリフが途中で途切れる。地塩の背後の黒スーツの男に気づいたらしく、訝《いぶか》しげに眉をひそめる。

「弟さんですか」

真子人をじろりと見下ろして、椋代が抑揚《よくよう》のない声で呟く。

「今日からお兄さんにうちの坊ちゃんの家庭教師をしていただくことになりました。坊ちゃんが、先生をご自宅までお送りしたいと言うものですから」

口調は丁寧だが、椋代の態度は尊大だった。

「はあ!?　家庭教師!?　こいつの!?」

椋代が醸《かも》し出す威圧的な空気をものともせず、真子人が目をつり上げてびしりと地塩を指さす。

　無表情な椋代の顔が、微《かす》かにぴくりと引きつった。それを見て由多佳のほうがひやりとし、慌てて真子人を宥《なだ》める。

「真子人、それはあとで説明するから……」

「そういうこと。今日から俺の専属家庭教師だから」

　地塩が勝ち誇《ほこ》ったような顔で口を挟む。

「はああ!?　専属って、どういうことだよ!?」

　きゃんきゃん喚く真子人をじろりと睨め下ろし、椋代が咳払《せきばら》いをした。

「我々はこれで失礼します……先生」

　椋代にゆっくりと噛み締めるように「先生」と呼ばれ、由多佳はごくりと唾を飲み込んだ。

「木曜日も、来ていただけますね」

　たったこれだけのセリフに、どうやったらこんなに威圧感を滲ませることができるのだろう
……と感心するくらい、椋代の言葉は迫力に満ちていた。

　――これは間違いなく、脅しだ。

　さすがの真子人も椋代の尋常《じんじょう》ならざる雰囲気に気づいたようで、ぐっと押し黙る。

（……ここでNOと言える人はいない……多分）

　地塩ならきっと平気で言えるだろう。しかしこういう脅しに慣れていない由多佳は、力なく

「はい」と答えるより他なかった。

「では、失礼します」

椋代が地塩の腕を摑んで引っ張る。

「え、もう帰るのかよ。先生、送ってくれた男に茶くらい出せよ」

(送ってきたんじゃなくて、勝手についてきただけだろう……)

言い返す気力もなく、由多佳はくるりと背中を向けた。

「じゃあな、先生」

近々会えるという確証を得ている余裕か、地塩はそれ以上はごねなかった。

やがて二人が階段を降りてゆく足音がする。

「……兄ちゃん！」

真子人に呼ばれて、のろのろと顔を上げる。

「ああ……順を追って説明するから。とりあえず中に入ろう……」

疲労困憊《こんぱい》し、由多佳は玄関に入るなりその場にへたり込んだ。

4

（さて、どうやって切り出そう……）

――地塩の家庭教師初日から二日。

授業を終えて正門までの道を歩きながら、由多佳は携帯電話片手に頭を悩ませていた。

一昨日地塩と椋代にアパートまで送ってもらった由多佳は、極度の緊張から解放されて倒れるようにして寝てしまい、翌日は珍しく寝坊して一限の授業に出席できなかった。

真子人に事情を説明し、二人でよく話し合った結果、やはり勇気をもって断ろうという結論にたどり着いた。

まずアップル家庭教師派遣センターの所長に相談したが、予想どおり所長は「お願いだからもう少しだけ我慢して。そのうち向こうも気が変わるかもしれないし」と繰り返すばかりで埒《らち》が明かなかった。

ならば自力でどうにかするしかない。いきなり家庭教師自体を断ると角が立ちそうなので、真子人と話し合って「用事がある」と言って休みまくり、フェードアウトする方向に持っていこうということになった。

（授業が長引いたので……いやいや、風邪《かぜ》を引いたので……って言ったほうがいいかな）

色づき始めた銀杏《いちょう》の木を見上げながら、あれこれ言いわけを考える。

今まで由多佳はバイトをさぼったことがない。一度だけひどい風邪を引いて休ませてもらったことはあるが、ちゃんと他の曜日に振り替えて埋め合わせをした。

なので、嘘をついて休むことはかなり気が引けるのだが……。

『兄ちゃんは甘いよ！　向こうは脅しみたいな卑怯《ひきょう》な手を使ってるんだから、こっちも遠慮せずにさぼればいいんだよ！』

真子人の言葉を思い出し、ぎゅっと拳を握る。

（そうだよな……のらりくらりと逃げるしか手はないよな）

意を決して、登録しておいた椋代の携帯番号を呼び出す。ちょうど正門を出たところで繋がり、呼び出し音が鳴り始めた。

（ん？　どっかで携帯鳴ってる？）

由多佳が電話をかけたのとほぼ同時に、近くで誰かの携帯が鳴っている。

「……っ！」

振り向こうとすると突然誰かに肩を掴まれ、由多佳は驚いて硬直した。

「――――先生」

背後から、低い声が降ってくる。

声を聞かなくても、由多佳には背後にいる人物が誰だかわかってしまった。

この大きな手のひらの感触は……。

『中村先生ですか。ちょうどよかった。坊ちゃんと一緒にお迎えに上がりました』

耳に当てた携帯電話からは、椋代の淡々とした声が流れる。同時に目の前にダークグレーのスーツ姿の椋代が現れて、由多佳を見下ろしながら携帯をぱたんと畳む。

(ひぃぃーーーっ!!)

ゆっくりと振り返ると、由多佳の肩を摑んだ地塩がにかっと白い歯を見せて笑った。今日は着物ではなく龍の刺繍《ししゅう》の入ったスカジャンにジーンズという出《い》で立《た》ちだ。

「暇《ひま》だから迎えに来たぜー」

来なくていい、と叫びたかった。しかしそれぞれに迫力のある椋代と地塩二人に挟まれ、由多佳は声もなく立ち竦む。

由多佳が呆然としている間に、椋代が正門の脇の、いかにも高級そうな黒塗りの車に歩み寄る。

「どうぞ」

後部座席のドアを開けて、椋代が無表情で促した。

地塩にしっかりと肩を抱かれながら、車まで連行される。

(だ、誰か……っ)

救いを求めるように周囲を見回すが、もちろん誰も助けてはくれない。正門から出てきた数人の学生が、立派な車に物珍しそうな視線を寄越すだけだ。

「あのっ、今日は用事が……っ」

車の傍まで来て抵抗を試みるが、地塩も椋代もまったく耳を貸してくれなかった。

由多佳を後部座席に押し込み、逃げ道を塞ぐように地塩が隣に乗り込む。車道側のドアを開けて逃げようと思ったが、こういうときに限って信号待ちの車がドアを塞ぐように停まっている。

(まさか、毎回こうやって大学まで迎えに来るのか……!?)

迎えというよりは拉致《らち》だ。裏門から出ればよかったと激しく後悔する。

由多佳が目を白黒させている間に、椋代の運転する車は滑らかに走り出した。


夕暮れの高級住宅街、一際立派な門の前に、黒塗りの車が静かに停車する。

(着いてしまった……)

為《な》す術《すべ》もなく再び龍門邸に連れてこられた由多佳は、夕闇《ゆうやみ》に浮かび上がる門を見上げて途方《とほう》に暮れた。

助手席から降りた地塩が、後部座席のドアを開けてくれる。もう抵抗する気力もなくし、由多佳は力なく車から降りた。

——突然、静かな住宅街に派手な車のエンジン音が轟《とどろ》いた。

何事かと振り返ると、白いワゴン車がタイヤを軋《きし》ませながら角を曲がり、猛烈な勢いで走ってくる。

こんな場所でスピードを出すなんて……と由多佳が眉をひそめたそのとき。

「——!?」

ひゅっと何かが耳元を掠《かす》め、由多佳の髪が突風に煽《あお》られた。

同時に、後ろから地塩に体当たりされるようにして地面に転がる。

(え? な、何!?)

由多佳が地面に転がった直後、もう一度ひゅっと風を切る音がしてワゴン車が走り去っていった。

「坊ちゃん!」

いつも冷静な椋代が、血相を変えて駆《か》け寄ってくる。

「大丈夫か!?」

耳元で、地塩のひどく切羽詰まった声がした。

地塩に覆い被さられるように地面に腹這《はらば》いになっていた由多佳は、ようやく地塩が何かから自分を庇《かば》ってくれたらしいと理解した。

(さっきの……もしかして……)

映画やテレビドラマで見た、サイレンサーつきの銃の音に似ていた。あとから恐怖が込み上げてきて、全身が細かく震え始める。

「坊ちゃん！　若頭！」

通用口が開いて、中から真っ青な顔をした勇太が飛び出してきた。

「追いますか？」

「いや、いい。それより車を頼む」

「はいっ」

緊迫したやり取りが、まるで夢の中の出来事のようにぼんやりと聞こえる。

次第に音が遠のき、意識がぷつんと途切れ――。


「……っ！」

気がつくと、由多佳は地塩に抱きかかえられて龍門邸の玄関にいた。

気を失っていたのは、ほんの数分のことだったらしい。地塩が険《けわ》しい表情で由多佳の顔を覗き込んでいる。

「大丈夫か」

「……う、うん……」

地塩に抱かれていることが気恥ずかしくて、由多佳はそっと地塩の肩を押した。

しかし地塩は由多佳を抱いたまま靴を脱ぎ、大股で廊下を歩く。

「――ええ、はい。警察には……はい、承知いたしました」

椋代がどこかへ電話をかけながらついてくる。先日来たときには勇太しかいないのかと思っていたが、他にも何人かスーツ姿の男たちが慌《あわ》ただしく行き来していた。

「坊ちゃん、先生をこちらの座敷へ」

椋代が携帯を畳み、障子を開ける。先日とは違う座敷に通され、ようやく畳の上に降ろしてもらえた。

「あ、靴……」

まだスニーカーを履いたままだったことに気づいて声を出すと、地塩が脱がせてくれる。

「先生、申しわけありません」

椋代が畳に正座し、両手をついて深々と頭を下げた。

「い、いえっ、あの、さっきのいったいなんだったんですか？」

椋代に頭を下げられると、どうも居心地が悪い。由多佳が問うと、椋代がゆっくり顔を上げて話すべきかどうか逡《しゅん》巡《じゅん》するように唇を引き結んだ。

「……先生は多分、うちの稼業《かぎょう》がヤクザだとお思いでしょうね」

しばしの沈黙の後《のち》、椋代が切り出す。肯定も否定もできず、由多佳は視線を彷徨《さまよ》わせた。

「まあ実際そうだったんですけどね、一年前までは」

「今は違うんですか……？」

椋代がちらりと由多佳を見やる。この男がやけに迫力のある目つきなのは、三白眼《さんぱくがん》のせいだと気づく。

「組長……地塩さんのお父上のことですが、組長の意向で、うちは足を洗うことにしたんです。一年前に龍昇会《りゅうしょうかい》は解散し、今は金融業と不動産業をメインに合法的な企業をやってます」

由多佳にはヤクザと合法的な企業の境目というのがよくわからなかったが、地塩の家が今はヤクザではないと聞いて少し安心した。

「解散後、組員はほとんどうちの社員になったんですが……中には解散に反対してごねた奴らもいましてね。組が解散したときに揉《も》めて出て行った男が、チンピラ集めて新しい組を作ったんです。さっきの襲撃は、そいつらの仕業《しわざ》です」

「やっぱり角南《すなみ》か」

それまで黙っていた地塩が、鋭い声で問う。

「ええ、間違いないでしょう。狙撃《そげき》した男の顔を見ましたが、数年前に関西の組を破門になって、最近角南のところに出入りし始めたチンピラです」

隣で胡座をかいている地塩の横顔を見て、由多佳はどきりとした。

黒い瞳が、燃えるような怒気《どき》を孕《はら》んでいる。初めて見た地塩の険しい表情に、改めて彼が大勢の組員を抱えるヤクザの跡取りだったことを思い知る。

「坊ちゃん、先ほども社長と話したのですが、今回の件はすべて警察に任せます」

「警察？」

地塩が不満げな声を出して椋代を睨む。

「ええ、うちはもうヤクザではありませんからね。報復はしません」

「もうちょっとでこいつが撃たれそうになったんだぞ！」

地塩が気色ばんで由多佳を指さす。

「ただの脅しですよ。玩具《おもちゃ》みたいな銃でしたしね。奴らには本当に撃ち抜く気概《きがい》なんかありゃしません」

椋代が地塩を宥めるように言い聞かせる。

「角南には一度痛い目見せてやんねえと、ますますつけ上がるじゃねえか！」

「とにかく警察に任せたほうがいい。こっちから手出ししたら、せっかくヤクザ稼業から足を洗った社長の努力が水の泡になります」

「若頭、警察のかたがお見えです」

勇太が椋代を呼びに来て、椋代は「失礼します」と言って立ち上がった。

「先生のことは黙っておきます。狙撃時に居合わせたなんて言ったら色々面倒なことになりますし、無関係なかたを巻き込みたくはないですから」

「はい……」

椋代が慌ただしく立ち去り、座敷には由多佳と地塩が取り残された。

いや、廊下に勇太が正座している。由多佳と地塩が二人きりにならないよう、椋代に言い含められているのだろう。

「……畜生！　あんなチンピラ、サツの手を借りなくたって……！」

ぎりぎりと歯を剥いて、地塩が忌々《いまいま》しげに吐き捨てる。

「椋代さんの言うとおりだよ……警察に任せたほうが……」

地塩が無茶をするのではないかと心配になり、由多佳は地塩の怒りを鎮《しず》めようとそっと肩に手を置いた。

「あんた、撃たれそうになったんだぜ？　むかつかねえのかよ？」

地塩が振り返り、険しい目つきで由多佳を見つめる。

「そりゃ怖かったし理不尽《りふじん》だと思うけど、暴力に暴力で返してもなんにもならないよ」

幼い子供に言い聞かせるように、由多佳はその黒い瞳を見つめて語りかけた。

「……ふん。俺は生まれたときから『目には目を、歯には歯を』って世界にいたからな。あんたの言ってること、理解できねえ」

「でも、そういう世界からはもう足を洗ったんでしょう」

次第にその黒い瞳から怒りの色が消え始め……地塩が由多佳の言葉に戸惑っている様子が伝わってきた。

「……組解散したって言ったたって、世間はまだ俺たちのことをヤクザだと思ってる」

ふっと顔を背け、地塩が独り言のように呟く。さっきの大人びた貌《かお》とは別人のように、ふて腐れた表情になる。

「椋代はああ言ってるけど、いくら合法化しようが、うちはいつまで経ってもヤクザとしか見られねえんだよ」

その投げやりな物言いに、由多佳は初めて地塩の内面を垣間見た気がした。

「誰かにそう言われたの……？」

思わず地塩の顔を覗き込むと、地塩がゆっくりと振り返った。

「……俺が龍昇会の跡取りだってことはみんな知ってるからな。子供の頃からずっとそういう目で見られて、誰も俺に近づかなかった」

子供時代の地塩の孤独感が伝わってきて、ちくりと胸が痛くなる。

「先生だってそう思ってんだろ」

地塩のストレートな言葉に、由多佳は狼狽《うろた》えた。確かに、椋代の話を聞くまではてっきりヤクザだと思っていた。

「……うん。さっきまでそう思ってた」

正直に、由多佳は答えた。

「だけど椋代さんの話聞いて安心した。企業化してまだ一年なんでしょう？　何事も定着するまでには時間がかかるものだよ」

地塩の言うとおり、世間の目は厳しいだろう。元ヤクザの息子ということで、高校でも周囲と馴染《なじ》めないのかもしれない。

地塩は黙ってじっと畳を見つめていた。ひどく大人びたところもある彼が、そんな頼りなげな表情になるのを見て……由多佳の中で庇護《ひご》欲に似た感情が涌《わ》き起こる。

「君が大人になる頃には、きっとみんな昔のことは忘れてるよ」

無性に地塩を励《はげ》ましたくなって、由多佳は願望も込めてそう言った。

「…………」

地塩が黒い瞳でじっと由多佳を見つめる。

「えーとあの、ちょっとケースが違うけど、僕んち母子家庭で……子供の頃、何かにつけて『あの家は片親だから』って言われるのがすごく嫌だったんだ。だから君の気持ちもわからなくはないっていうか。でも、外野を黙らすには認められるように努力するしかないんだよね……」

勢いで言ってから、説教くさかったかなと後悔する。

地塩はただじっと由多佳を見つめるばかりで何も言わなかった。

「坊ちゃん、現場検証しますので来て下さい」

椋代が呼びに来て、地塩が立ち上がる。

「あの……僕、今日は……」

　こんなことがあったあとでは、地塩も勉強どころではないだろう。そろそろ辞去しようと、由多佳は腰を浮かせた。

「すみませんが、警察が帰るまでこちらでお待ち下さい。勇太、先生に夕食を」

「はいっ」

「え、い、いいです」

　慌てて由多佳が断ったときには、椋代も勇太も風のように立ち去ったあとだった。

　座敷に一人取り残され、途方に暮れる。

（そうだ、真子人に電話しておこう。帰りが遅くなりそうだし）

　座布団にちょこんと座り直し、由多佳は真子人に電話をかけた。

『兄ちゃん!?　どーしたんだよ？　今日は家庭教師さぼったんだろ？』

「それが……実は……」

　声を潜め、大まかな流れを説明する。電話の向こうで真子人が『えええーっ!!』と絶叫した。

『な、なっ、だ、大丈夫なのかよ!?』

「うん、怪我はなかったから……」

『だけどまた来るかもしれないんだろ!?　早く帰って来てよ!』

「それが……今警察の人が来て現場検証とかしてるらしいから、すぐには帰れなくて……」

『俺が今から迎えに行くよ！』

「だめだよ、発砲事件があったばかりなんだよ!? 危ないから来ちゃだめだって。僕は大丈夫だから。それと、お母さんには言うなよ。余計な心配かけたくないから」

それでもなお心配する真子人を宥めていると、携帯の電池切れを知らせる電子音が鳴り始めた。

「ごめん、電池切れそう。ちょっと遅くなると思うけど心配しないで」

それだけ言って、由多佳は携帯を切った。まさかこんなことになるとは思っていなかったので、充電器も持ち歩いていない。

「先生、お待たせしました」

由多佳が電話を終えてすぐに、勇太が夕食の膳《ぜん》を運んできてくれた。綺麗な塗りのお膳に、魚の煮つけと蓋《ふた》つきの汁物椀、香の物、秋らしい茸《きのこ》の炊き込みご飯が並んでいる。

「あ……ありがとうございます。いただきます」

食欲はなかったが、せっかく出してくれたので断りにくい。軽く手を合わせ、由多佳は箸《はし》を取った。

(そういえば今日は家庭教師断ろうと思って来たんだったっけ……)

とんでもないアクシデントのおかげで、すっかり断るタイミングを逸してしまった。

勇太が甲斐甲斐《かいがい》しくお茶を淹れてくれる。慣れた手つきから察するに、どうやら勇太はこの家の家事担当のようだ。料理も彼がしているのかもしれない。

(あ、このお魚すごく美味しい)

せっかく作ってくれたのだから食べないと悪いと思って箸をつけたのだが、どれも美味しくて思いがけず食が進む。

「先生、ご飯のおかわりいかがですか」

「いいえ、もう結構です。あの、これ、すごく美味しいです。なんて魚ですか？」

「ノドグロです。組長……いや、社長の好物なんすよ」

「へえ……初めて聞きました」

「関東じゃあんまり出回ってないですからね。これは島根《しまね》から取り寄せてるんです」

「そうなんですか」

どうやら勇太は話好きらしい。少し緊張がほぐれ、由多佳も笑顔になる。

「あの……地塩くんのご両親は……？」

「海外旅行中です。社長は一年前に再婚したんで、遅ればせながらのハネムーンってやつです」

「そうなんですか……」

地塩の母親はどうしたのだろう、と思ったが、そんな立ち入ったことを聞くわけにはいかない。

「姐《あね》さんは……あ、坊ちゃんのお母さんは、坊ちゃんが幼い頃に離婚して出て行ったんですよ。で、今の姐さんがうちに来て、まあ内縁の妻みたいな感じで坊ちゃんの母親代わりをされてたんです。一年前にようやく籍《せき》入れたんすよ」

勇太が由多佳の疑問に答えてくれる。

（そうなんだ……複雑なんだな）

生みの母親が出て行ったというのは、幼い地塩にとっては辛《つら》い出来事だったに違いない。継《まま》母《はは》とはうまくやっていたのだろうか。

そのことを尋ねようかどうしようか逡巡していると、誰かが廊下を歩いてくる音がした。

「あ、坊ちゃん、お疲れさまです。夕食お持ちしましょうか」

障子を開けたのは地塩だった。

「いや、あとでいい」

地塩が座敷に上がり、由多佳の隣にどっかりと胡座をかく。箸を置いて、由多佳は地塩のほうへ向き直った。

「現場検証は終わったの？」

「ああ」

地塩はひどく険しい表情をしていた。何か考え込むように、腕を組んで宙を睨んでいる。

（そういえば……さっきはたまたま僕に当たりそうになったけど、破門になった元組員の報

復ってことは、地塩くんが狙われてたんだよな)

動揺してそこまで考えが及ばなかったが、地塩はかなり危険な状況なのではないだろうか。

「地塩くん、大丈夫？　さっきの、地塩くんが狙われたんじゃない？」

心配になって問いかけると、地塩が腕を組んだまま由多佳を見つめた。

「俺が狙われたんだったらよかったんだが」

地塩の言葉を遮るように、廊下に誰かの足音がして障子が開く。

「椋代さん……」

さすがの椋代も、顔にうっすらと疲労が滲み出していた。畳に正座し、上着の内ポケットから一通の封筒を取り出す。

「今日届いた郵便物の中に、こんなものがありました」

差し出された封筒を、由多佳はおそるおそる受け取った。白い封筒の表書きは、角張った特徴のある文字で地塩宛になっている。裏返して見ると、差出人の名前はない。

「角南の字だ」

地塩がぼそっと呟く。

「え、角南って……」

「そうです。先ほどの襲撃の主犯です。どうぞ中をご覧下さい」

椋代に促され、中身を取り出す。どこにでもあるコピー用紙の真ん中に、ワープロの文字が数行並んでいた。

一枚目には由多佳のアパートの住所と電話番号、生年月日、大学名と所属学部が印字されている。それだけでも気味が悪いのに、二枚目にはいつの間に隠し撮りされたのか、キャンパス内や最寄り駅での由多佳の写真が何枚かプリントされていた。

紙面に見入る由多佳の顔がみるみる青ざめてゆく。

脅しめいた文句は皆無《かいむ》だが、これは明らかに脅迫《きょうはく》状だろう。由多佳の個人情報を握っていることを誇示《こじ》し、暗に標的だと伝えているのだ。

「安心しろ。あんたには指一本触れさせない」

地塩が由多佳の手から手紙を奪い取り、座卓の上に投げ捨てる。

しかしその言葉は由多佳には届いていなかった。狙撃の恐怖が甦り、体が細かく震え始める。

(さっきのあれは、もしかして僕が狙われた……?)

「角南の狙いは、あくまでも社長や坊ちゃんです」

由多佳の心配を読み取ったように、椋代が言った。

「ですが……角南は破門になった際に色々揉めたもんで、ちょっと屈折してるんですよ。本来気の小さい男なんで、社長や坊ちゃんを殺すほどの気概はないんです」

地塩は脅迫状を睨みつけ、険しい顔で黙っている。

「それでも何か嫌がらせをしたくて、社長や坊ちゃんの周囲の人間を狙うんです。つい最近までは社長の後妻にこういう脅迫状を送ってきてたんですが、社長が奥さん連れて外国行ったもんで、ターゲットを変えてきたんでしょう」

「……確かにあいつは親父と俺を生かしておきたいんだろうな。一生陰湿な嫌がらせをするために」

地塩が苦々《にがにが》しげに吐き捨てる。

「だが、こいつや宏美《ひろみ》さんのことは平気で殺すかもしれない。現に宏美さんは危うく命を落とすところだった。親父にとっちゃ、自分が殺されるより宏美さんを殺されたほうがよっぽど地獄《じごく》だろうからな」

次第に大きくなる震えを抑えようと、由多佳は胸の前で拳を握り締めた。

「……こういうわけですから、先生の身の安全のためにしばらくここに滞在していただいたほうがよろしいかと」

恐怖に凍りついている由多佳には、何も考えられなかった。そもそもこういったトラブルに巻き込まれたのは龍門家と関わってしまったからだ。

半ばパニックに陥《おちい》り、由多佳はよろめきながら立ち上がった。

「か、帰ります……っ」

「ああ？　何言ってんだ！　外に出たら危ねえだろうが！」

地塩が声を荒げて由多佳の手首を摑む。

その怒声に、由多佳はびくびくと首を竦めた。冷静に考えれば椋代や地塩の言うとおりここにいたほうがいいのだろうが、今の由多佳は気が動転して一刻も早く龍門家と無関係になりたいという考えに支配され、真っ当な判断ができない状態だった。

――命を狙われる危険に身を晒されている。

普通に生活していたらあり得ないような危機だが、地塩や椋代にとってはこれが日常なのだ。

自分がいる世界とあまりに違いすぎて怖い――。

「帰ります……帰ります！　帰る！」

繰り返し叫び、地塩の手から逃れようと闇雲《やみくも》に腕を振り回す。

「落ち着いて下さい！」

半狂乱になった由多佳を、椋代と勇太も立ち上がって宥めようとする。

しかしそれは逆効果だった。三人に取り押さえられそうになり、由多佳の恐怖感が一気に増幅する。

「嫌だ！　離せ！」

完全に度を失って、由多佳は夢中で三人の手を振り解いた。障子を開け、もつれる足で廊下に飛び出す。

「おい！　待て！」

「うわあああっ!!」

地塩が追いかけてきて、五メートルも走らないうちに背後から羽交い締めにされる。

「やだ！　帰る！」

「落ち着け！」

じたばたと暴れる由多佳を、地塩が肩に担ぎ上げる。

「降ろせ！」

足をばたばたさせて抵抗するが、頑丈《がんじょう》な体は揺らぎもしなかった。

「しょうがねえな……おい、離れの鍵を取ってこい」

暴れる由多佳の体をがっちりと摑み、地塩が椋代に向かって命令する。

「離れ……ですか？　しかし……」

椋代が戸惑ったような表情を浮かべた。

「いいから取ってこい！」

もう一度繰り返して椋代に背を向け、地塩は由多佳を担いで廊下を大股で歩き始めた。

途中ですれ違った元組員たちが、目を丸くしつつ道を譲る。どこへ連れて行かれるのかわからなくて不安になり、由多佳は最後の力を振り絞ってもがいた。

「お、降ろして……っ」

「こら、暴れるな。悪いようにはしねえから」

地塩が由多佳に言い聞かせるように背中をさする。

（そ、そんなこと言ったたって……っ）

地塩は迷路のような廊下を迷いなく進む。首だけ振り返って前方を見ると、先日見たのとはまた別の、屋根つきの長い渡り廊下があった。その先にこぢんまりした平屋があるので、そこが地塩の言った離れなのだろう。

渡り廊下を渡ると、突き当たりに古風な木の扉が立ち塞がっていた。寺の庫裏《くり》を思わせるような造りだ。これが離れの入り口らしい。

「お待たせしました」

椋代が走ってきて、扉の鍵を開ける。古風な見た目に似合わず、鍵は現代的なオートロックのようだった。

扉が開き、離れに光が差し込む。

渡り廊下と続きになった廊下の両脇に部屋があるのがわかる。

（…………え⁉）

向かって左側の部屋を見て、由多佳は目を見開いた。

なんの変哲《へんてつ》もない六畳ほどの和室なのだが、廊下と和室の間に一面に木の格子戸《こうしど》が張り巡らしてある。

その一部が出入り口の戸になっており、先ほどのオートロックとは打って変わって原始的な鍵がついていた。

格子の隙間に絡ませるように太い鎖《くさり》が何重にも巻きつけられ、古めかしい南京錠《なんきんじょう》でがっちりと固定してあり……。

(こ……ここってもしかして……)

椋代が南京錠の鍵穴に鍵を差し込むのを見ながら、由多佳はごくりと唾を飲み込んだ。

「ま、確かに座敷牢《ざしきろう》が一番安全ですね」

「……座敷牢!?」

がちゃがちゃと鎖を外し、椋代が蝶番《ちょうつがい》を軋ませながら格子戸を開ける。格子戸は小さめに作ってあり、由多佳でさえ背を屈《かが》めないと出入りできないほどだ。

「ちょ、ちょっと待って下さい！　なんで僕が座敷牢に……っ」

地塩が一旦降ろしてくれたのでその隙に逃げようとしたが、あっという間に服の裾を摑まれて引き寄せられる。

「ほら、そうやって逃げようとするからだ。ここなら絶対逃げられねえからな。角南が捕まるまで、ここにいてもらう」

「い、嫌だっ！」

こんなところに閉じ込められたら、自分の意思では出ることができない。匿ってもらうにしても、まさか座敷牢に入れられるとは思わなかった。

椋代が格子戸をくぐって先に中に入る。

「座敷牢といってもエアコン完備ですし、こちらにユニットバスもあります。あとでテレビやパソコンもお持ちしますよ」

「そういう問題ではなく……っ」

「ごちゃごちゃうるせえな。来い」

地塩に引きずられるようにして、由多佳は座敷牢の中へ連れ込まれた。

「ひ……っ」

どさくさに紛れて後ろから地塩に抱き締められ、由多佳は首を竦めた。項《うなじ》に熱い吐息《といき》がかかり、自分にとって危険なのは角南という元組員よりもまず地塩だということを思い出す。

「坊ちゃんが侵入しないように、厳重に戸締まりしますんで」

ため息をつきながら椋代が座敷牢に入ってきて、地塩の襟首を掴んで由多佳から引き剝がす。

「ああ？　俺もここに一緒に住む。こいつのボディガードが必要だろうが」

由多佳から引き剝がされた地塩が、とんでもないことを言い出した。

「えええ⁉　じょっ、冗談じゃ……っ！」

「何言ってるんですか。社長の留守中にそんな勝手は許しませんよ。ただちにご自分の部屋へお戻り下さい」

「離せ！　俺のもんは俺が守る！」

「見張りは他の者にやらせます」

椋代が地塩を引きずりながら座敷牢の外に出て、無情に言い放つ。

座敷牢に地塩と二人きりで閉じ込められる事態は避けることができ、由多佳はほっと胸を撫で下ろした。

しかし目の前で格子戸をがちゃんと閉じられ、はっと我に返る。

一人だろうが地塩と一緒だろうが、座敷牢に閉じ込められることには納得がいかない。

「出して下さい！」

「申しわけありませんが、それは無理です」

「そんな……っ！　こんなの無茶苦茶です！　僕の意思は無視ですか⁉」

両手で格子に掴まり、由多佳は椋代の良心に訴えようと試みた。

「確かに無茶苦茶ですね。ですが、あなたの身の安全を守るにはこれが一番いい。もしあなたがアパートに帰るとなると、こちらも警備の者を手配せねばなりません。失礼ですがあのアパートはセキュリティが万全とは言えませんのでそれなりの人数が必要になります。はっきり言って、かなりの負担になります」

「アパートが危ないんだったら、真子人が……！」

弟の身にも危険が及ぶかもしれない。由多佳は青ざめて格子戸をがたがたと揺すった。

「その点はご心配なく。弟さんもこちらに避難していただきます」

それを聞いて、少し安心する。

「……でもっ！　何も座敷牢に閉じ込めなくたっていいでしょう⁉　普通の部屋じゃなぜいけないんですか⁉」

「坊ちゃんが夜這《よば》いに来ますよ。いいんですか」

　椋代が淡々と答える。

（う……っ）

　夜這いという言葉に、由多佳は言葉を詰まらせた。

「普通の部屋では、いくら戸締まりしても窓から侵入したりできますしね。あなたが部屋を出て屋敷内をうろついているときに襲われるかもしれない。その点ここはたとえ坊ちゃんであろうとも侵入は不可能です。この鍵は厳重に保管しますんで」

　椋代が南京錠の鍵を掲げて、大切そうに上着の内ポケットにしまう。

「角南の襲撃からも坊ちゃんの夜這いからも身を守ることができる、こんな安全な場所はないですよ。着替えや生活用品などは勇太に持ってこさせます。では失礼」

　椋代が踵《きびす》を返すと、地塩が体当たりするように格子戸を両手で摑んだ。

　格子戸を握っていた指が地塩の手と触れ合いそうになり、慌てて手を離して二、三歩後ずさる。

「くそ……っ、椋代のやつ……！」

　歯ぎしりしながら由多佳を見つめる地塩は、獣そのものの目をしていた。目の前で獲物を取り逃がして悔しがり、檻《おり》の外から涎《よだれ》を垂《た》らしながら獲物を狙っている目だ。

（ひぃぃぃ……こ、怖い……っ！）

格子戸を摑んで唸り声を上げる猛獣を、由多佳は青ざめて見つめた。

猛犬を飼っている家に預けられた仔《こ》うさぎ……という図が頭に浮かぶ。椋代の言うとおり、ケージの中で大人しくしていたほうがよさそうだ……。

「坊ちゃん」

離れの戸口から椋代に呼ばれ、地塩が名残惜しげに格子戸から手を離す。

「安心しろ。あんたのことは俺が守る」

地塩が力強い眼差《まなざ》しで由多佳を見つめ、不敵な笑みを浮かべる。

（ま、守るって……襲いかかろうとしたじゃないか……っ）

戸口が閉まり、一人きりになると、由多佳はその場にくずおれるようにしてしゃがみ込んだ。


真子人が龍門邸に連れてこられたのは、由多佳が座敷牢に入れられてから一時間ほど後《のち》のことだった。

「兄ちゃん！」

椋代に連れられて離れにやってきた真子人は、座敷牢の奥にしょんぼりと座り込む由多佳を見つけると、格子戸を掴んで叫んだ。

「真子人……」

「何これ、どういうこと!?」

由多佳と椋代を交互に見て、真子人は力任せに格子戸を揺すった。

「先ほど車の中でご説明申し上げたとおりです」

椋代が渋《しぶ》い顔をして、手の甲にできた引っ掻き傷をぺろりと舐める。

「まったく……お兄さんは物わかりのいいかたなのに、弟さんには手こずらされましたよ。状況をわかっていただくのにずいぶんと時間がかかってしまいました」

どうやら引っ掻き傷は真子人がつけたらしい。よく見ると反対の手には歯型まである。

「わかるかよ! それに俺聞いてねえぞ、兄ちゃんがこんな……こんな牢屋みたいなとこに監禁されてるなんて!」

由多佳以上に世間知らずの真子人は、座敷牢というものを知らないようだ。怒り狂いながらも、戸惑ったように格子戸や中の座敷を見回している。

「あなたはご存じないでしょうが、これはVIP待遇《たいぐう》なのですよ。ここは先代の組長が組同士の抗争の際、相手方の幹部をお迎えするために造らせた特別室なんです」

それってつまり人質ってことじゃ……と思ったが、由多佳は黙っていた。人質などという物《ぶっ》騒《そう》な言葉を出したら、真子人がまた暴れてしまう。今は手加減してくれているようだが、椋代という男を本気で怒らせるとまずい気がする。

椋代の説明に、真子人はわかったようなわからないような顔をしたが、とりあえず少し落ち着いたようだった。

「じゃあ俺もここで兄ちゃんと一緒にいる」

早く開けろと言わんばかりに、真子人は格子戸の鎖をじゃらじゃらと鳴らした。

「だめです」

「なんでだよ!?」

「あなたには、これのお仕置きをしなくてはなりません」

椋代が、引っ掻き傷のついた左手の甲を真子人の目の前に突き出す。

鋭い双眸《そうぼう》に睨まれ、真子人の顔からさあっと血の気が退《ひ》いてゆく。

「ええっ、そ、それは勘弁《かんべん》してやって下さい、僕からも謝りますから!」

慌てて由多佳が割り込むと、椋代がちらりと視線を動かした。

「……冗談ですよ。弟さんにはちゃんと別室をご用意いたします。ここに二人じゃ狭いですし」

(え、この人でも冗談言うんだ……)

意外すぎて由多佳が呆気にとられていると、椋代は突き出していた手をそのまま伸ばして真子人の肩を掴んだ。

「嫌だ。狭くてもいい。俺もここに入る」

真子人は駄々《だだ》をこねるように鎖を握って離さない。

「私はそれでも構わないんですが、坊ちゃんが、あなたがたを別々にしておくようにと強く言われるんでね……。さあ、行きますよ」

「いてっ！　引っ張るなよっ」

「いいですか。ここにいる間、あんまり私の手を煩《わずら》わせないで下さい」

口調は丁寧だが、椋代の声が一段低くなり……真子人がびくっと首を竦めた。

「……兄ちゃん……っ」

椋代に首根っこを掴まれ、情けない声を出す。

「真子人、椋代さんの言うことをちゃんと聞いて、ご迷惑にならないようにするんだぞ！」

椋代に連行される真子人を見送りながら、由多佳はその背中に叫んだ。

5

(…………ん?)

何か物音がしたような気がして、由多佳は目を閉じたままぴくりと耳をそばだてた。

ゆるゆると覚醒《かくせい》し、自分がどこにいるのかわからず戸惑う。

(あ……そうか。座敷牢だ……)

――座敷牢での最初の夜、由多佳はなかなか寝つけずにいたのだが、いつの間にか眠りに落ちていたようだ。天井に近い位置にある明かり取りの窓から差し込む月光に、格子戸がぼんやりと浮かび上がっている。

畳に敷かれた布団の中で、由多佳はしばらく息を殺して辺りを窺った。

(気のせいだったのかな……)

とんでもない出来事に巻き込まれたせいで、気が高ぶっているのかもしれない。

寝返りを打ち、由多佳は布団の中ではだけかかっていた浴衣《ゆかた》を直した。

白地に紺で草花の模様をあしらった浴衣は、肌触りがよくて気持ちいい。座敷牢の中にあるユニットバスでシャワーを浴びている間に、勇太が用意してくれていたものだ。

押し入れから布団を出して、新しいシーツや布団カバーもかけてくれて、まるで旅館のような待遇である。ただし、座敷牢らしく食事の盆だけ出し入れする小さな戸口があり、そこから夜食を差し入れられたときは自分が本当に囚人《しゅうじん》になったようでさすがに気が滅入《めい》ったが……。

(まったく……座敷牢に閉じ込められることになるとは思わなかった)

目を閉じようとし、ふいに格子戸に大きな影が映ってびくりとする。

(え？　誰かいる……？)

椋代が様子を見に来たのだろうか。警戒しながら、由多佳は布団の中でそっと身を起こした。

格子戸の外で、人影が動く。何者かが格子戸に巻きつけられた鎖に触れ、暗闇にじゃらじゃらと音が鳴った。

「……誰⁉」

まさかとは思うが、角南やその手下が来襲したのではと緊張に身を硬くする。

「俺」

暗闇の中から、聞き慣れた低い声がする。

「え⁉　地塩くん⁉」

毛布をはねのけ、由多佳は布団から飛び出した。

どうやってこの離れに入ってきたのだろう。確か椋代は、座敷牢の鍵だけでなく離れの鍵も厳重に管理していると言っていたはずだ。

「ななな、なんで⁉」

月明かりがはっきりと地塩の顔を照らし出す。

地塩も由多佳と同じように、浴衣姿だった。ただしこちらは濃紺で、そのせいか由多佳よりもずいぶんと大人っぽく見える。

地塩の双眸が、由多佳を正面から捕らえる。その眼差しがひどく熱を帯びているような気がして……由多佳は浴衣の襟元を握って後ずさった。

「夜這い」

短く言い放ち、地塩は浴衣の袂《たもと》から南京錠の鍵を取り出す。

「…………えええ!?」

ワンテンポ遅れて声を上げ、由多佳は呆然と地塩の手元を見つめた。

「……そんな、だって、鍵は厳重に管理するって……っ」

地塩の夜這いを阻止《そし》するために、自分は座敷牢に閉じ込められたはずだ。地塩が鍵を持っているのなら、ここにいる意味がない。

「先生が座敷牢にいるってわかってんのに、この俺が鍵を手に入れないわけねえだろ」

南京錠に鍵を差し込みながら、地塩がにやりと笑う。

「……っ!」

南京錠が外れ、地塩が巻きついた鎖を乱暴に引っ張る。

咄嗟に体が反応し、由多佳はバスルームに逃げ込もうとダッシュした。

しかしそれよりも早く、座敷牢に侵入した地塩に背後から羽交い締めにされてしまう。

「や……っ！　離せ！」

太く逞《たくま》しい腕に捕らえられ、由多佳は必死でもがいた。思いきり肘で地塩の脇腹を突こうとするが、更にきつく抱き締められて動きを封じられてしまう。

「叫んでも無駄だぜ。ここは防音ばっちりだからよ」

「こ、こんなことしていいと思って……っ」

密着した地塩の体が熱い。その熱に煽られるように、由多佳の全身もかあっと熱くなる。

「俺は俺のやり方であんたを手に入れる」

耳に地塩の吐息がかかり、由多佳はびくっと首を竦めた。

「……っ！」

なおも逃れようと暴れた由多佳は、腰に押しつけられた硬い感触にぎくりとした。

地塩が勃起《ぼっき》している。しかもそれは、信じられないほど熱くて大きくて……。

「先生……」

「嫌……！」

官能よりも恐怖が先立ち、力を振り絞る。前屈みになって背後の地塩を振り解こうと試みる。

しかし発情した牡《おす》の力は比べるべくもなかった。由多佳の抵抗に焦《じ》れたように後ろから抱え上げ、横抱きにする。

「うわ、ちょ、ちょっと！」

地塩に間近で見つめられ、由多佳は真っ赤になった。

「もう我慢できねえ……！」

彼は今、自分の体に欲情している。

そして欲情の証《あかし》を隠そうともせず、むしろ誇示するように押しつけてきている。

「ひゃ……っ」

布団の上に降ろされ、同時にのしかかられる。

両手首をがっちりと掴まれ、顔を背ける間もなく唇を塞がれてしまう。

「んんんっ！」

性急で乱暴なキスだった。キスというよりも、口の中に舌を突っ込まれて掻き回されているといったほうがいい。

おまけに地塩が由多佳を抱き締めたまま乗っかっているので、重くて息苦しくてたまらない。

(あ……地塩くんのが……当たってる……っ)

地塩の大きな勃起が、由多佳の股間にぴったりと重なっている。しかも地塩がキスしながら擦《こす》りつけてくるので、嫌でもその硬さと質感が伝わってくる。

「……！」

性器をぐりぐりと擦り合わされて、由多佳は自分がいつの間にか兆《きざ》し始めていることに気づいた。

――地塩に初めてのキスを奪われたとき、由多佳は驚いたのと怖かったのとで体が竦んでしまい、勃起しなかった。今まで痴漢に遭ったり強引に迫られたりしたときも、嫌悪感と恐怖で反応したことなどなかった。

なのに今、どうしてこんなに反応しているのだろう。

怖いし、やめて欲しいのに……。

「……っ、や、や……っ」

ようやく口腔の蹂躙《じゅうりん》から逃れ、由多佳は喘ぐように息継ぎをした。

押さえつけられていた手首が自由になるが、地塩を押しのけるよりも先に今度は乱暴に浴衣の前をはだけられる。

「っ!」

由多佳の胸を暴《あば》いた地塩が、手を止めて息を飲んだ。

白くて滑らかな、そして真っ平らな胸が月明かりに浮かび上がる。二つの可愛らしい突起が、怯えたように縮こまって小さな肉粒を震わせている。

「まじかよ……あり得ねえ」

裸の胸をまじまじと見つめ……地塩は困惑したようにその男らしい眉を寄せた。

いくら綺麗な顔をしていても、由多佳は正真正銘《しょうしんしょうめい》の男だ。襲いかかってみたものの、実際に裸の体を見てがっかりしたのだろうか。

「あんたの体、エロすぎ」

「……え？　あ……っ！」

大きな手で胸をまさぐられ、由多佳はびくっと体を震わせた。

地塩が由多佳に覆い被さり、胸に顔を埋める。

「ひゃあっ！」

左の乳首をきつく吸われ、体の芯に電流が走った。

「特にここ……やべえな。なんでこんなエロいんだよ」

由多佳の乳首を舌で転がしながら地塩がしゃべるので、声が直に響いてぞくぞくする。

「や、やめ……っ」

地塩の熱い唇から逃れようと、由多佳は陸にあげられたばかりの魚のようにぴちぴちと体を跳ねさせた。

「いやあああっ！」

地塩の太い指が、右の乳首をきゅっと摘《つま》む。同時に両乳首を責められ、股間には硬く盛り上がった性器を擦りつけられ、由多佳は身悶《みもだ》えた。

下着が、先走りでじわっと濡れる。

「地塩くんっ、やめて！　も、もうだめだから……っ！」

由多佳も勃起していることに、地塩はとっくに気づいている。由多佳がそんなふうに乳首を弄られたり擦られたりしたら射精してしまう……と訴えていることはわかっているだろうに、やめてはくれなかった。

「だめ、あ……もう……っ、あああっ！」

布越しに地塩の裏筋で擦り上げられ、由多佳は下着の中に射精した。浴衣の下で、白いボクサーブリーフがぐっしょりと濡れる。

他人の手で射精を導かれたのは初めてだ。全力疾走したあとのように、由多佳は大きく胸を上下させた。

「……だ……め……っ」

射精の余韻に浸《ひた》る間もなく地塩に太腿《ふともも》をまさぐられて、由多佳は涙で潤《うる》んだ目でいやいやと首を横に振った。

「先生……いった？」

地塩の熱い吐息が首筋にかかる。少しざらついた大きな手のひらが、強引に太腿の内側に割って入ってきた。

「や、さ、触るな……っ」

濡れた下着の上からペニスを揉みしだかれ、由多佳は内腿をひくひくと引きつらせた。地塩の手に揉まれて、残滓《ざんし》が漏《も》れるのがわかる。

恥ずかしくてどうにかなりそうだった。年下の高校生……しかも家庭教師の教え子にいかされてしまった。

「すげえ濡れてる」

地塩に言われて、かっと頬が熱くなる。

「だからやめてって言ったのに……」

涙目で睨みつけると、地塩が手を止めて眉を寄せる。

由多佳の潤んだ瞳と地塩の熱っぽい瞳が、しばし絡み合う。

「ちょ、ちょっと！」

やめてくれるのかと思ったが、地塩は鼻息荒く濡れた下着を脱がせようと引っ張った。

「見せろ」

「ええっ⁉　い、嫌……！」

必死で大きな手を振り払うが、両手をまとめて握られてしまう。あっけなく下着を引きずり下ろされ、白濁に濡れた初々しいピンク色のペニスが露《あら》わになった。

先ほど由多佳の胸を見たときと同じように、地塩がそこをまじまじと見つめる。

小ぶりで可愛らしいそれは、由多佳にとってコンプレックスでしかない。陰毛も淡《あわ》くて申しわけ程度にしか生えておらず、男性器なのに男らしい猛々しさとは無縁だ。

「あんたのこれ、可愛いな」

地塩に可愛いと言われ、由多佳は真っ赤になった。

地塩が上体を起こして由多佳の太腿を挟んで膝立ちになり、由多佳に見せつけるようにゆっくりと浴衣の帯を解き始める。

浴衣の前がはらりとはだけて、逞しい胸と引き締まった腹、そしてローライズの黒いボクサーブリーフが月明かりにくっきりと浮かび上がる。

（ひ……っ！）

下着の上部からは、いきり立ったペニスがはみ出していた。

先走りに濡れた亀頭が信じられないくらい大きい。他人の勃起した性器を直に目にしたのは初めてだが、地塩のそれが並外れて大きいことはわかる。

地塩が由多佳に見せつけるように両手で下着をずり下げる。

勢いよく跳ねるようにして飛び出した性器は、茎の部分も長くて太かった。色も大きさも形も、由多佳の可愛らしいものとは全然違う。太い茎には血管が浮き、一際大きく張り出した亀頭からは透明な先走りが滴《したた》っている。

目を逸らしたいのに逸らせない。凶器のようなそれを目の当《ま》たりにして、由多佳は凍りついた。

高校生ながら、地塩の性器は完全に成熟した牡のものだ。

恐怖と、それだけではない何か体の奥が疼《うず》くような感覚に襲われる。

「え……!? な、何を……!」

地塩に足首を摑まれて大きく脚を広げさせられて、由多佳は慌てて股間を手で押さえた。温かい精液に濡れたペニスが、いつの間にかまた頭をもたげ始めていてぎょっとする。

「うわあっ!」

足首を引っ張られて地塩のほうへ引き寄せられ、股間を押さえている手の甲に、地塩の硬い勃起が触れる。

びっくりして手を引っ込めると、地塩は由多佳の小ぶりな玉の後ろ、蟻《あり》の門《と》渡《わた》りに亀頭をぬるりと滑らせた。

「や、やだ!」

そこから先は誰にも触れさせたことのない禁忌《きんき》の場所だ。

しかし強引な亀頭は、由多佳が手で覆うよりも先にその小さな穴にたどり着く。

「先生……っ」

「ひゃあんっ!」

きゅっと窄《すぼ》まった穴の表面にぬるぬると先走りを擦りつけられ、由多佳はあられもない声を出してもがいた。

男同士でセックスをする場合、そこを使うらしい……という知識は一応ある。

しかし自分がそれをすることになるとは、思ってもいなかった。こんなふうに貞操《ていそう》の危機に陥ったのは初めてで、いきなりやってきたセックスへの恐怖感に、じわっと涙が溢《あふ》れ出る。

「……う、うう……っ」

しくしくと泣き出した由多佳を見て、地塩がぎょっとしたように動きを止めた。

「うう──……」

涙腺《るいせん》が決壊し、涙がぽろぽろと頬に零《こぼ》れ落ちる。

恥も外聞も捨てて、由多佳は子供のように泣きじゃくった。

「──泣くな」

地塩が戸惑ったように言うが、そう言われても涙は止まるものではない。

前髪をくしゃっと掻き回し、地塩がため息をついた。

「最後まではしねえから」

地塩の言葉が咄嗟には飲み込めず、由多佳は涙で潤んだ瞳で地塩を見上げた。

由多佳の泣き顔を見つめ……地塩が興奮を抑えきれなくなったようにがばっと覆い被さってくる。

「あ……っ！」

先ほどは布越しに触れ合っていたペニスが、今度は直に密着する。

二人とも勃起しているので、裏筋が擦れ合った。その生々しい感触に、由多佳はぞわりと背中を粟立たせた。

「あ、あっ、だめ……っ」

地塩が腰を使い、大きさの違う二つの性器を擦り合わせる。

由多佳の放った精液が潤滑剤の役目を果たし、二本のペニスはぬるぬると絡み合った。

「あっ、や、やあん……っ」

由多佳の初々しいペニスは、あっという間に追い上げられた。まるで失禁したように薄い精液が漏れる。

地塩が興奮したように荒い息を吐き、体を起こして自らのペニスを握って二、三度扱《しご》く。

大きな亀頭の割れ目から、勢いよく白濁が飛び出す。

「あああ……っ」

胸や腹に熱い飛沫《しぶき》をかけられ、触れられてもいないのに由多佳のペニスも残滓を漏らした。

（すごい……こんなにいっぱい……）

胸を大きく喘《あえ》がせながら、由多佳は無意識に自分の白い肌の上にたっぷりとかけられた濃厚な液体を指で掬《すく》った。

量も多いが、とろりとした濃さも自分のものとは全然違う。地塩の精液は、強烈な牡の匂いを放って由多佳をくらくらさせた。

「先生……っ！」

由多佳の淫《みだ》らな仕草に、地塩が煽られたように再び覆い被さる。

「ん、んん……っ」

再び荒々しく口づけられたことは覚えている。

しかしそのあとのことは、まったく覚えていなかった……。

◇◇◇

翌朝、目覚めると由多佳は一人で座敷牢の中にいた。

目覚めてからもしばらく夕べのことが夢だったのか現実だったのかわからなくて、体を起こして辺りを見回した。

格子戸は、寝る前と同じようにきっちりと鍵がかかっている。

そっと布団をめくり、由多佳は下着を確かめた。白いボクサーブリーフはさらっと乾いていて染《し》み一つない。

(もしかして全部夢だった……?)

しかし自分の着ている浴衣が、夕べ風呂上がりに着たものとは微妙に柄《がら》が違うような気がする。

「……?」

浴衣の襟元を見下ろして、由多佳は怪訝《けげん》そうに眉を寄せた。着崩れた襟元から覗く肌に、点々と赤い鬱血《うっけつ》の痕《あと》がある。

(何これ？　虫さされ？)

驚いて浴衣の前をはだけてみると、胸から腹にかけて何カ所も小さな痣《あざ》のようなものがあった。原因に思い当たらず、首を傾げる。

とにかく顔を洗ってこようとバスルームに向かいかけたところで、はっとある可能性に思い当たった。

(もしかしてこれ、キ……キスマークってやつじゃ……！)

慌ててバスルームの鏡に映してみると、胸や腹だけでなく、耳たぶの下や首筋にも痕がある。ということは、夕べのあれは夢ではなく現実だったのだ。鏡に映った寝起きの顔が、瞬く間に真っ赤になる。

(ち、地塩くんと、あんな……あんなことを……っ！)

脚ががくがくと震え、由多佳はよろめいて洗面台に手をついた。恥ずかしくて、もう彼の顔を見られそうにない。

初めての性的な体験と、目眩《めまい》のするような地塩の牡のフェロモンが、鮮明に甦る……。

そのとき、離れの戸口が開く音がした。

「おはようございまーす。朝食をお持ちしましたー」

勇太の声だ。慌てて由多佳は浴衣の襟をきっちりと直し、キスマークを隠した。

「はい……っ」

バスルームから出ると、勇太と一緒に椋代も来ていた。視線を彷徨《さまよ》わせながら、「おはようございます」と呟く。

「夕べはよく眠れましたか？」

食事の受け渡し用の窓口に朝食の盆を置き、勇太がにこにこと尋ねる。

「えっ？　あ、はい」

ぎこちなく頷きながら、夕べ地塩が夜這いに来たことを言うべきか言わざるべきか悩む。

（言えばきっと鍵を替《か》えてくれる……だけどあんな恥ずかしいことされたのを知られたくない……でもやっぱり言うべきか……）

俯いて逡巡していると、勇太が離れから出て行くのを見届けてから、椋代が腕を組んで切り出した。

「先生、ここにいる間、坊ちゃんの家庭教師をしていただけませんでしょうか」

「えっ？」

顔を上げると、椋代が探るような目つきでじっとこちらを見ている。

「珍しいことに、坊ちゃんが自分から勉強したいと言い出しましてね。私としても反対する理由はありません。先生にはうちの都合でこのようなご迷惑をおかけしている上に、家庭教師もしてくれというのは虫のいいお願いだとわかっておりますが」

（どうしよう……地塩くんと顔合わせたくない）

断りの言葉を探し、由多佳は目を逸らした。

由多佳の項《うなじ》を見て、椋代がはっとしたように目を見開く。

「まさか、夕べここに坊ちゃんが来たんですか？」

「ええぇ!?」

「ここ、痕がついてます」

椋代が自分の耳の後ろの辺りをとんとんと指で叩く。瞬時に真っ赤になり、由多佳は首の後ろを両手で押さえた。

（後ろにもついてたのか……！　気がつかなかった……！）

由多佳のその反応で、椋代にはすべてわかったらしい。薄い唇を歪めて、唸るように呟く。

「鍵の場所を知っていやがったのか……道理で昨日思ったほどごねなかったわけだ……」

椋代のそんな言葉遣いを、由多佳は初めて聞いた。椋代の本性が垣間見えて、びくっと首を竦める。

由多佳が怯えたことに気づいた椋代が、口角を上げてにやりと悪辣《あくらつ》な笑みを浮かべた。

「ま、それでこそ龍門の跡取りだ」

そう独りごち、すっといつもの無表情に戻る。

「最後までされたんですか」

「ええっ？　い、いえっ」

慌てて首を横に振る由多佳を、椋代は顎に手を当てて見下ろした。

「……まあいい。坊ちゃんに聞けばわかることだ。先生、うちの坊ちゃんがとんだ失礼を」

まったく悪びれていない様子を隠そうともせず、椋代が尊大な態度で頭を下げる。

「すぐに南京錠を替えます。向かいの部屋に、見張り番も置きましょう」

由多佳が返事をする間もなく、くるりと踵《きびす》を返す。

（と、とにかく着替えよう）

夕べ勇太が浴衣を出してくれたとき、簞笥《たんす》の中に着替えを用意しておくと言っていた。引き出しを開けてみると、新品の服や下着がぎっしり入っている。

その中から適当に選んだ服に着替えていると、椋代が戻ってきた。

「お待たせしました」

今までの南京錠を外し、真新しい南京錠を二つ鎖に取りつける。

「今度は大丈夫です」

なおも不安そうな顔をする由多佳に、椋代はこともなげに言った。

「……坊ちゃんと先生がどこでどういう出会いをしたか知りませんが、坊ちゃんは今、珍しい玩具に夢中になっているだけですよ。あなたのようなタイプは今まで坊ちゃんの周りにはいませんでしたからね。そのうち飽《あ》きると思いますんで、それまで辛抱《しんぼう》してやって下さい」

「…………」

椋代の言葉にはどことなく棘《とげ》があるような気がして、由多佳は顔を曇《くも》らせた。

……いや、椋代は由多佳を安心させるためにそう言ってくれているのだ。

（そうか……地塩くんにとって僕は、ちょっと毛色の変わった物珍しい玩具なんだ……）

相手が誰であれ、玩具扱いされるのは気分のいいものではない。

「私は坊ちゃんに仕《つか》える身ですから、坊ちゃんがあなたを連れてこいと言ったらそれに従うしかありません。ですが私個人としては、あなたをここへ連れてきたことを後悔してます」

椋代の言葉に、由多佳は唇を噛んで俯いた。

組の若頭……いや、専務としては、跡継ぎが男なんかにうつつを抜かすのは許し難《がた》いことだろう。

だったらもっと早く、全力で阻止して欲しかった。今になってそんなことを言われても、もう遅い。

（……いや、別に遅くはないか。夕べだって結局未遂《みすい》だったし、今夜からはもう夜這いの心配はないし、あと少し、地塩くんが僕に飽きるまでの間我慢すれば……）

頭ではそう思うのに、胸の中がもやもやする。もやもやの原因がわからなくて、由多佳は自分がひどく苛立っていることに気づいた。

（……地塩くんはほんと自分勝手だ。無理やり家庭教師にさせたり、無理やりあんなことしたり……）

これまでにも、珍しい玩具を見つけるとこんなふうに弄《もてあそ》び、しばらく遊んで飽きると捨ててきたのだろうか。椋代はそういう過去の行状《ぎょうじょう》を知っているから、地塩がそのうち由多佳に飽きるだろうという確信を持っているのかもしれない。

「さて、そろそろ坊ちゃんを連れてきますので家庭教師をお願いできますか。格子越しなら大丈夫でしょう」

椋代が腕時計をちらりと見やり、由多佳に背中を向ける。

「……わかりました」

冷めた気持ちで、由多佳は頷いた。

夕べの件が恥ずかしくて仕方なかったが、恥ずかしがっている自分が馬鹿《ばか》みたいに思えてきて可笑《おか》しくなる。

あんなこと、地塩にとってはきっとたいしたことではないのだ。気まぐれに新しい玩具で遊んでみただけのこと。恥ずかしがるほうがおかしいのだ。

椋代が立ち去ってから、由多佳は真子人のことを聞くのを忘れていたことに気づいた。

弟よりも地塩のことで頭がいっぱいだなんて、本当にどうかしている。

間もなく椋代が地塩を連れて離れに戻ってきた。やはりまだ地塩の姿を直視できそうになくて、由多佳は畳に視線を落とした。

「よう先生。勉強したくてうずうずしてたんだぜ」

地塩の第一声に、由多佳はむっとして眉をしかめた。

一方的に性的な行為を強要しておいて、由多佳が怒っていないとでも思っているのだろうか。いつもどおり尊大で、しかも妙に機嫌がいいのがしゃくに障《さわ》る。

「………」

地塩の挨拶を無視し、由多佳はぷいとそっぽを向いた。

「なんだよ、生徒が勉強したいって言ってるんだから褒《ほ》めろよ」

由多佳の眉間に、きりきりと深い皺が寄る。家庭教師など断ればよかったと後悔する。

「先生、そこの座卓をここへ置いて下さい。坊ちゃんはこの座卓を」

椋代が座敷牢の向かいにある小部屋の障子を開けて、小さな座卓を持ってくる。座敷牢の格子を挟んで、座卓が向かい合わせに置かれる。

まるでテレビドラマの刑務所の面会シーンのようだ。

それでも地塩と距離を取ることができて、由多佳は少しほっとした。これなら俯き加減に座卓の上だけ見ていても勉強は教えられるだろう。

「……じゃあ始めます」

努めて冷静に、由多佳は切り出した。夕べのことなど何も気にしていない、という態度を示さなくてはならない。

ようやく由多佳が怒っていることに気づいたのか、地塩は黙って向かいに胡座をかいた。

座卓の上に置かれた大きな手に動揺するが、由多佳は唇を嚙んで耐えた。

「こないだの単元の復習から始めましょう。九十八ページを開いて」

数学の教科書を手に取って、ぱらぱらとめくる。教科書をめくっていると、次第に心が落ち着きを取り戻し始める。

(そうだ……いつもどおりやればいい)

家庭教師に徹《てっ》しようと、由多佳は自分に言い聞かせた。

勉強に徹するという接し方は、思いがけずうまくいった。由多佳は一度も地塩の顔を見ずに済んだし、地塩も軽口を叩くのをやめて真面目に勉強に取り組んでいた。

勉強を始める前に椋代は「私は仕事があるので別の者を見張りに寄越します」と言って出て行った。勇太が来るかと思ったが、やってきたのは見知らぬ若い男だった。

男は石岡《いしおか》と名乗り、地塩の後方、座敷牢の向かいの小部屋に胡座をかき、折り畳みの座卓の上にノートパソコンと書類を広げて何やら仕事を始めた。

スーツ姿の彼は一見サラリーマンのようだが、時折由多佳のほうをちらっと見る目つきに迫力があり、元組員なのであろう雰囲気を漂わせている。

それでも椋代に監視されるよりはずっと気が楽だった。多分石岡は由多佳と地塩の間にあったことを知らないし、そもそも由多佳がなぜここに閉じ込められているかも知らないだろう。

「――――先生」

ふいに地塩に呼ばれ、由多佳はびくっと体を震わせた。

「な、何？」

つい動揺が声に表れてしまう。

「この問題、解き方がわからない」

由多佳のほうに向けて問題集を広げ、人差し指でページの中ほどにある設問を指す。

「じゃあわかるところまでやってみて。そこから先は一緒に解いてみよう」

「いや、質問の意味自体がわかんねえ」

地塩が駄々をこねるように言う。

「そっか……えーと」

設問を読み、由多佳は僅かに眉を寄せた。

(これ……前回はちゃんと解けてた問題とほとんど同じだよな。質問の意味がわからないってことはないと思うけど……)

地塩はあまり勉強に重心を置かない高校生活を送っていたようだが、決して頭が悪いわけではない。飲み込みも早いし、やる気さえ出せばもっと成績が上がるだろうと思わせる伸びしろがある。

　不思議に思いつつ、由多佳は丁寧に設問の意図を説明した。

「やっぱりわかんね」

　地塩が繰り返す。その投げやりな言い方に、由多佳は少々むっとした。

「わからないはずはないよ。これ、前回はちゃんと解けてたでしょう。もう一度設問をよく読んでみて」

　内心の苛立ちを表に出さないように努めながら、由多佳は根気よくつき合うことにする。

「わかんねえもんはわかんねえ」

　地塩がノートの上にシャーペンをぽいと転がす。

「そんなふうに最初から諦めてちゃだめだよ」

　さすがに由多佳の声にも苛立ちが混じった。

「怒ってんのかよ」

「怒ってないよ」

「だって俺の顔全然見ねえじゃん」

「それは……」

　俯いたまま「それは別の問題だから」と言いかけて、由多佳ははっとした。

　地塩が駄々をこねているのは数学の問題の件ではない。夕べのことを言っているのだ……。

「……っ」

かあっと頬を染めて、由多佳は唇を嚙んだ。せっかくこちらが何もなかったかのように振舞っているのに、わざわざ蒸し返そうとする地塩に腹が立つ。

「………怒ってんのかよ」

地塩が少し声を潜め、拗《す》ねたように言う。

それははっきりと、夕べの件についての問いかけだとわかった。

「………当たり前だよ」

石岡に聞こえないように、由多佳も声を潜めて囁《ささや》く。

数秒間の沈黙の後《のち》、地塩がぼそっと呟いた。

「………悪かった」

(え……!?)

聞き間違いかと思い、思わず由多佳は顔を上げてしまった。

地塩の黒い瞳が、じっとこちらを見つめていた。まるで叱《しか》られた犬が、しょんぼりと飼い主を見上げているときのような眼差しで……。

(う……っ)

慌てて由多佳は俯いた。ますます頬が熱くなり、耳まで真っ赤になる。

そんな目で見られたら、これ以上怒れなくなってしまう。

「………わかったんだったら、もういいから」

早口でそれだけ言って、由多佳はこの話をさっさと終わらせようとせかせかと教科書をめくった。

「もういいって、じゃあまた来ていいんだな」

さっきまでのしおらしさはどこへやら、地塩が勝手に都合よく解釈して身を乗り出す。

「ち、ちがっ、そうじゃなくて……っ」

「先生、そろそろ時間です」

地塩の背後から、石岡の声が割って入る。

「えっ、あ、はいっ」

もしやこの微妙な空気に気づかれてしまっただろうかとぎくりとしたが、石岡は単に時間が来たので知らせただけのようだ。先ほどまでせわしなくパソコンのキーボードを叩いていたので、二人の会話も耳に入っていないのかもしれない。

「じゃあ今日はここまで」

――石岡に促されて地塩が離れから去ってゆくのを見送り、由多佳は大きくため息をついた。

由多佳はあまり怒りの感情が持続しないほうだ。というか、終わったことをいつまでも怒り続けたくないと思っている。だから相手がきちんと謝ってくれたら許すし、根に持つこともない。

(もしも真子人がこのことを知ったら、『兄ちゃんは甘い！』って怒るんだろうなあ……)

確かに自分は甘いのかもしれない。

けれど、あんなふうにしょんぼりされるとついついほだされてしまうのだ。

地塩は見た目の大人っぽさとは裏腹に、かなり子供じみた男だ。大人びた風貌と自分勝手で子供っぽい言動とのギャップに戸惑ってしまう。

(高校生って、あんなに子供っぽいものかな……)

自分の高校時代を思い返すが、自分の周りにはあんな強引で自分勝手な男はいなかった。

(ほんと、あんな無茶苦茶な高校生はいない……)

そのくせ叱られるとしょんぼりしたりするから、なんだか放っておけない気分にさせられる。

地塩のアンバランスなギャップは、短所でもあり魅力でもあるような気がする。

それは強烈に人を惹《ひ》きつけてやまない魅力で……。

(………魅力!?)

慌てて由多佳は妙な考えを頭から振り払い、ぱたりと畳に仰向《あおむ》けに倒れ込んだ。

◇◇◇

その日の晩は、新しい南京錠二つに加えて向かいの小部屋に石岡が待機することになった。恐縮する由多佳に、石岡は淡々と「仕事ですから」と言った。

(見張りをしてくれるのはありがたいんだけど……)

当然ながら座敷牢にはカーテンも襖《ふすま》もない。今日会ったばかりの男に寝間着姿や寝顔を見られるのは少々抵抗があったが、仕方のないことだ。

地塩の家庭教師を終えたあと、椋代が真新しいノートパソコンを持ってきてくれたので、由多佳は来週提出しなくてはならないレポートに取りかかった。幸い講義のノートや参考文献を鞄に入れていたので、レポートは順調に進んだ。

夜十時、シャワーを浴びた由多佳は、バスルームから出て向かいの小部屋に目を向け、おやと首を傾げた。

(石岡さん……居眠りしてる？)

スーツ姿の石岡は、座椅子にもたれて軽く寝息を立てていた。

九時頃勇太が夕食の盆を下げに来てくれて、入れ替わりに石岡がやってきたのだが、そのときから眠気と戦っているようだった。昼間と同じようにパソコンに向かって仕事をしていたのだが、途中で何度も手を止めてあくびを嚙み殺していた。

(どうしよう……声かけたほうがいいのかな)

鍵も替えたことだし、由多佳としてはこのまま寝てもらっても全然構わないのだが、スーツでうたた寝していると風邪を引きそうだ。ここから出ることができればそっと毛布でもかけておくのだが……。

「石岡さん……石岡さん!」

遠慮がちに、由多佳は声をかけてみた。

「……あ?」

石岡がはっとしたように目を開ける。

「あの、うたた寝してると風邪引きますよ。僕は大丈夫なので、どうぞ横になって下さい」

しきりに目を擦り、石岡はうーんと唸った。

「すみません。じゃあちょっとだけ仮眠させていただきます」

ふらふらと立ち上がり、上着も脱がずにごろりと畳に横たわる。あっという間に、石岡は寝息を立て始めた。

(よっぽど疲れてるんだなあ……)

自分の仕事もあるだろうに、こうして由多佳のために見張り番までしなくてはならないことを申しわけなく思う。

(……それもこれも全部地塩くんのせいなんだけど)

地塩さえ夜這いに来なければ、こんな場所に閉じ込められることはなかったのだ。普通の部屋で真子人と二人、静かに過ごせたのにと恨めしく思う。

（ってゆうか、地塩くんを座敷牢に閉じ込めておいたほうが効率がいいんじゃ……）

グッドアイディアだと顔を輝かせるが、この家の人たちが社長令息《れいそく》である地塩を座敷牢に閉じ込めるわけがない……と思い直す。

（考えてみたら僕お客さんだよ……？　普通お客さんを座敷牢に閉じ込めるかなあ）

この屋敷を取り仕切っている椋代が、由多佳と真子人を客とは思っていないことは確かだろう。言葉遣いや態度は慇懃《いんぎん》だが、椋代にとって一番優先しなくてはならないのは地塩だ。

（理不尽と言えば理不尽だけど……ここじゃ地塩くんが主人だし）

爆睡している石岡を見ていると、地塩に振り回されている者同士、同情の気持ちさえ涌き起こる。

（いったいいつまで続くんだろ……）

ため息をつきながら、由多佳も自分の布団を敷いて早々に就寝することにした。

部屋の明かりを消すが、石岡が小部屋の電気をつけっぱなしなので少々眩《まぶ》しい。寝返りを打って背を向け、やがて由多佳も小さな寝息を立て始めた。


――――体が重い。

何かにずしりとのしかかられているような息苦しさに、由多佳は夢うつつで顔をしかめた。

(……もしかしてこれが金縛り?)

霊感皆無の由多佳は今までオカルト的な体験をしたことがないが、高校時代の友人が話してくれた金縛りの状態とよく似ている。

(まあほっとけば収まるだろ……)

由多佳にとって、金縛りは霊的な何かではなく疲労からくる全身の硬直という認識だ。足がつるのと同じような現象だと思っているので、恐怖感はない。それどころか、背中がじんわりと熱くて気持ちいいくらいだ。

(……ん?)

温かな拘束にうつらうつらしていたが、次第に「おかしい」と思い始める。

布団の中に誰かがいて、後ろから抱き締められているような……。

(……ええ⁉)

項《うなじ》に熱い吐息がかかり、由多佳はぱちっと目を開けた。

胸には大きな手が回され、浴衣の襟元に侵入しようとうごめいている。

振り向かなくても、由多佳にはその無遠慮な手が誰のものかすぐにわかった。

「うわあああっ!」

叫び声を上げ、由多佳は飛び起きた。いや、飛び起きたつもりだったが、がっちり抱き締められていて身動きができない。

「なっ、なっ、なんでここに!?」

「夜這い」

夕べと同じセリフを口にして、地塩が由多佳の項《うなじ》に口づける。

「ちょ、ちょっと待った！　どうやってここに入ったの!?」

鍵をつけ替え、更に石岡も見張ってるはずだ。

「石岡は寝てる。南京錠の鍵はスーツのポケットに入ってた」

こともなげに言って、地塩は浴衣の中に手を突っ込んできた。

「ひゃっ！　さ、触るな！　石岡さん！　起きて下さい……っ！」

乳首を摘もうとする地塩の手を思いきりつねり、つねったまま引き剝がす。

由多佳の叫びにも石岡の返事はなかった。いくら疲れているからといって、地塩が侵入したことにも気づかずに眠りこけるなんておかしい。

由多佳の疑問に、地塩が耳たぶを甘噛みしながら答える。

「石岡は朝まで起きねえよ。夕飯に軽く一服盛っといたからな」

「えええ!?　どこでそんなものを……!?」

つねられても懲《こ》りずに胸をまさぐろうとする手から逃れ、両手を交差させて胸をガードする。

「うちのもんに睡眠導入剤使ってる奴がいるから、ちょっと分けてもらった」

「な……っ、なんてことを……っ、だいたい昼間謝ったばかりのくせになんでまた……っ」

「先生が座敷牢で寝てるのに、じっとしてられるわけねーだろ」

「あ……っ！」

後ろから抱き締められて、地塩が既《すで》に欲情を漲《みなぎ》らせていることを知らされる。

「……先生のこと考えてたら勃《た》っちまった」

地塩が熱っぽく囁き、硬く盛り上がった部分を由多佳の尻にぐいぐい押しつける。

（う、うわ……っ）

その感触が、夕べ初めて知った官能を呼び覚ます。

この逞しい勃起を擦りつけられて射精したときの快感を、由多佳の素直な体はよく覚えていた。地塩の行為を歓迎するかのように、下着の中でペニスがぷるんと勃ち上がる。

「い、嫌……っ」

夕べよりも素早く敏感に反応してしまった自分が怖くなる。

しかしその声に僅かながら艶《つや》めいた色が混じっているのを、地塩が聞き逃すはずもなかった。

「そんなエロい声で煽るなよ……」

「あああっ！」

胸をガードしていたので、股間が疎《おろそ》かになっていた。下着の上からぎゅっとペニスを握られて、先走りがじわっと溢れてしまう。

「嫌だ！　やめて！」

「なんもしねえから」

由多佳のペニスをやわやわと揉みながら、地塩が矛盾《むじゅん》したセリフを口にする。

「何もしないって、してるじゃないか……っ」

左手で胸を庇いつつ右手で股間を触る地塩の手を振り払おうとするが、ガードが緩んだ隙に胸も大きな手に占領されてしまう。

「夕べ以上のことはしねえよ」

荒い息を吐きながら、地塩が由多佳の胸と股間を撫で回す。

「あ、や……っ、あ、あっ」

地塩の右手が、親指と中指の腹で左右の乳首を同時にぐいぐい押し潰《つぶ》す。

左手は下着の上から先走りで濡れた亀頭を指の腹でくりくりと撫でて、溢れ出た先走りをたっぷりと布地に染み込ませる。

尻の割れ目には地塩の熱く滾《たぎ》った性器が押しつけられ、布越しにもその質感がありありと伝わってきた。

そんなふうにされたら初《うぶ》な体はひとたまりもない。

「あ、ああっ、だめ……っ！」

内股を引きつらせて、由多佳は失禁したように精液を漏らした。

「え、いっちまったのか？」

あっけない射精に地塩も少し驚いたようだった。体を起こして由多佳を仰向けに転がし、確かめるように浴衣の裾を開く。

慌てて股間を手で隠そうとするが、その前に地塩に両手を摑まれてしまった。

白いボクサーブリーフの前がぐっしょりと濡れて、ピンク色のペニスが透《す》けている。その様子を地塩にまじまじと見つめられ、少しでも隠そうと由多佳は膝を立てた。

「……すげー感じやすいんだな」

地塩の言葉に、由多佳はかあっと頰を赤らめた。自分でも早すぎるとわかっている。たまに自慰《じい》をするときは、こんなにあっけなくいったりしないのだが……。

「き、君がいやらしいことするからだろう！」

やや切れ気味に、由多佳は叫んだ。

「夕べも思ったけど、先生、人に触られたの初めてか」

「……っ！」

地塩の言葉を肯定するように、由多佳は真っ赤になった。性的な経験がまったくないことを恥だと思ったことはなかったが、年下の地塩に面と向かって言われると恥ずかしくて消え入りたくなる。

「悪かったな！　年上のくせに経験のない僕を、からかって遊んで楽しい⁉」

完全に切れて、由多佳は目に涙をためて地塩を睨みつけた。

「……別にからかってねーよ」

地塩がむっとしたように眉をしかめる。

「ついでに聞くけど、キスも俺のが初めてだったのか？」

「……………」

唇を噛んで、由多佳は顔を背けた。その反応自体が地塩の質問への肯定になってしまったが、由多佳には他にどうしていいかわからなかった。

顔を背けた拍子に、涙がぽろっと零れ落ちる。

やはり地塩は自分をからかっているとしか思えない。椋代が言ったように、ちょっと毛色の変わった玩具を弄って遊んでいるだけなのだ……。

「や……っ！」

地塩が由多佳の頬を摑んで上向かせ、唇にむしゃぶりつく。

強引に押し入ってきた舌が、口腔内を隈なく舐め回す。

「んっ、んんっ！」

上顎を舐められると、体の芯が痺れて力が抜けてしまう。

射精の余韻もあってぐったりとされるがままになっていると、地塩が調子に乗ってしつこくキスを繰り返す。

（いっ、いい加減にしろ……っ）

くちゅくちゅと音を立てて唇を貪られ続け、「やめろ」と言う隙もない。

由多佳がすっかり抵抗する気力をなくした頃に、ようやく地塩の唇がねっとりと糸を引いて離れていった。

「あ……やだ……っ」

夕べと同じように脚を開かれそうになり、由多佳は身じろいだ。

地塩は夕べ以上のことはしないと言ったが、男のそんな言葉が信用できるわけがない。

「夕べのあれ、気持ちよかっただろ」

由多佳の濡れた下着を引っ張り下ろしながら、地塩が少し掠れた声で囁く。

地塩の声に欲情が滲み出していて、それがやけに色っぽくて背中がぞくりとする。

「嫌だ……っ」

抵抗むなしく下着を脱がされながら、由多佳の頭の片隅に「本当に自分は嫌がっているのだろうか」という疑問がよぎる。

夕べのあれは、最初は怖かったけれど、地塩の言うとおり気持ちよかった。

セックスではなく、互いの性器を擦り合わせるだけなら……。

快感を知った由多佳のペニスは、早く擦ってと言わんばかりにはしたなく頭をもたげた。

自らの精液に濡れそぼち、ぷるんと揺れて地塩を誘う。

「あ……っ」

地塩の視線を感じて、由多佳は無意識にもじもじと腰を揺らした。

地塩が自身の浴衣の前をはだける。向かいの小部屋の電気がついているので、夕べよりもその逞しい体がはっきりと見える。

（あ……濡れてる……）

地塩の青いボクサーブリーフも、前が少し濡れていた。すっかり勃起したものは半分以上はみ出して先端から透明な先走りを溢れさせ、その雫《しずく》を下着に滴らせている。

「見ろ。俺のもこんなになってる」

由多佳に見せつけるように、地塩が茎の部分を握って先端を由多佳のほうへ向けた。大きな亀頭の先端の割れ目から、先走りがとろりと溢れて布団に落ちる。

由多佳の中で、何かがずくりと疼いた。

「……ん、はあっ」

地塩に足首を握られて膝を曲げさせられ、言葉にならない吐息が漏れる。

昨日みたいに仰向けで脚を広げさせられて、ペニスを擦られるのだ――。

官能が高ぶり、白い肌が上気して艶めかしい桜色に染まる。

潤んだ目で、由多佳は地塩を見上げた。

「……そんなエロい顔して煽るなよ」

一旦由多佳の脚を広げた地塩が、思い直したように脚を閉じさせて両足首をまとめて持つ。

「あ……っ」

ぴったりと合わさった太腿の間に、地塩の猛々しい勃起が割って入る。

大きく張り出した亀頭が、内股の柔らかく敏感な肌をぬるりと擦る。

「ひゃっ、や、やだ！」

その形や質感が生々しくて、由多佳は赤くなった顔を両手で覆った。

亀頭が太腿を通過したところで地塩が動きを止めて、由多佳の足首を持ち直してしっかりと自身のペニスを挟ませる。

(あ、す、すごく太い……っ)

昨日は性器同士を擦りつけていたので地塩のものの太さは視覚でしか捉《とら》えていなかったが、こうして太腿にぴったりと挟むと茎の太さがよくわかる。

太さだけでなく、どくどくと力強く脈打つ動きもはっきりと伝わってきて……。

「や、な、何するの⁉」

「素股。聞いたことねえ？」

地塩がにやっと笑ってゆっくりと腰を動かし、由多佳の太腿の間でペニスを擦る。

「ひゃっ、や、ちょっと……っ」

由多佳の放った精液と地塩の先走りが滑らかな肌をほどよく濡らし、地塩のペニスはぬるぬると太腿を出入りした。

奥手な由多佳は、素股という言葉も行為も知らなかった。いったい何をされるのだろうと怯える。

内股の感じる場所を、太い亀頭が次第にスピードを上げて擦り上げる。

「あ……っ、あ、あんっ」

先端の段差の大きい雁《かり》が内股に擦れる度に、由多佳のペニスが先走りを漏らす。

恥ずかしい喘ぎ声を抑えようと、由多佳は口を覆った。しかし視線は目の前で行われている信じ難い破廉恥《はれんち》な行為に釘《くぎ》づけになってしまう。

白い太腿の間から、赤黒く怒張した大きな亀頭が出入りしている。

初な由多佳には刺激の強すぎる光景だが、その下でピンク色の初々しいペニスはすっかり勃ち上がって腹につくほど反《そ》り返っていた。

「先生の太腿……すげえすべすべ」

地塩が荒い息を吐き、更に由多佳の膝を折り曲げさせる。

「あっ、だ、だめ！　あああっ！」

太腿の中ほどを出入りしていたペニスが、より脚のつけ根に近い場所に移動してきた。

地塩の濡れた亀頭が肛門《こうもん》から蟻の門渡り、二つの玉を掠め、由多佳の反り返った勃起の裏筋をなぞる。

「ひゃあんっ、や、あ……あっ」

感じる場所をごりごりと擦られ、由多佳は精液を漏らした。今まで立て続けに、しかも二日続けて射精したことなどなかったので、蜜《みつ》はもうほとんど残っていなかった。

「……あ……も、もうだめえ……っ」

由多佳が射精している間も、地塩は動きを止めなかった。いったばかりの敏感な陰部を攻め立てられて、地塩に擦られている場所がとろけそうな感覚に襲われる。

「あ、あっ、あんっ、熱いよお……っ」

「気持ちいいか？」

「ん……っ、いい……っ、気持ちいい……っ」

半ば正気を失って、熱に浮かされたように口走る。

「俺もすげえ気持ちいい……っ」

由多佳のあられもない痴態《ちたい》に、地塩の声も興奮したように上擦《うわず》る。

「あっ、あっ、ああっ、あ……っ」

地塩の動きが次第に速くなる。太腿とペニスが擦れ合ってぬちゃぬちゃと粘液が泡立つ音がし、二人の官能を煽る。

「う……っ！」

地塩の亀頭が由多佳のペニスを突き、射精する。

「あ、あああ……っ！」

昨日と同じ、濃い精液がたっぷりと由多佳の白い腹と胸を濡らす。

強烈な牡のフェロモン臭に、由多佳はくらくらした。それは決して不快な匂いではなく、官能に目覚めた体が待ち望んでいたもので……。

(あ……すごく気持ちよかった……っ)

いったばかりの体が熱く火照《ほて》る。覆い被さってきた地塩に抱き締められ、由多佳は無意識にその大きな背中に手を回した——。


(どうしよう……またあんな破廉恥なことを……)

地塩の腕の中で、由多佳は眉間に深い皺を寄せた。

行為のあと、由多佳はことりと眠りに落ちてしまったらしいのだが、気がつくと布団の中で地塩に腕枕《うでまくら》をされていた。

先ほどのことを思い出し、顔が赤くなる。もう弄ばれるのは嫌だと思っていたのに、地塩に触れられているうちに体が高ぶってしまった。

——認めたくはないが、自分は確かに欲情していた。あんなふうに快感に乱れるのは初めてのことで……自分が自分でなくなっていくようで怖い。

由多佳を乱れさせた当の本人は、満足げな顔をして眠りこけている。

（なんか……性欲があり余ってる感じだよな……）

自分は淡泊なたちだからあまりよくわからないが、これくらいの年齢の男子は皆こんなふうにがつがつしているのだろうか。

（……高校生のくせに、なんか経験豊富そうだし）

恋人や、セックスをする関係の女性はいないのだろうか。いたらわざわざ男の由多佳に手を出すとは思えないので、今はフリーなのかもしれない。少々毛色の変わった玩具を見つけ、とりあえず性欲を満たすために弄んでいるのだろう。

遊びで性的な関係を持つなど、由多佳には考えられないことだ。なのに今、不本意ながら自分もそういう方向に流されている……。

自己嫌悪が込み上げてきて、気持ちが落ち込む。

肩に回された腕をそっと外し、由多佳は地塩を起こさないように起き上がった。

（今何時だろ……地塩くんが朝までここにいたらまずいよな……）

壁の時計を見ると深夜の一時を回ったところだった。

石岡のことをはっと思い出し、畳の上を這って格子戸ににじり寄る。

（……よかった……まだ眠ってる）

少し仮眠を取ると言ったときのスーツ姿のまま、石岡はぐっすりと眠っていた。

睡眠薬を飲まされていたとはいえ、石岡のいるところで地塩と淫らな行為をしていたことに今更ながら動揺する。

(まさか気づいてないよな？　気づいてたら止めるよな？)

冷や汗を流しながら、由多佳はそっと立ち上がった。浴衣の前が全開でしかも下着をつけていないことに気づき、慌てて襟を掻き合わせる。

(地塩くんを起こして追い出さなきゃ……あ、その前に)

尿意を催《もよお》してぶるっと震え、由多佳はバスルームに向かった。

「……っ」

バスルームで浴衣の前を開き、由多佳は頬を赤らめた。今日は地塩も後始末をする間もなく眠ってしまったらしく、腹や胸に乾いた精液がこびりついている。

(……なんか……すごく乱れてしまったような……)

よく覚えていないが、変なことを口走ってしまったような気がする。わあっと叫び出したい気持ちを堪えていると、ふいにバスルームのドアが開いた。

「わああっ!!」

大声で叫び、由多佳は慌ててトイレの洗浄レバーを押した。

のっそりとバスルームに入ってきたのは、もちろん地塩だ。裸に下着一枚の格好で、寝ぼけたような顔をしている。

「は、入ってこないでよ！」

浴衣の前を掻き合わせ、由多佳は真っ赤になって怒った。座敷牢のバスルームには内鍵がついていないので、鍵をかけることができない。

「……目が覚めたらいなかったから」

地塩が拗ねたように言って、唇をへの字に曲げる。

「別に、逃げようとしたわけじゃないよ」

地塩を肩で押しのけるようにして、由多佳は洗面台で手を洗った。さっきの行為が恥ずかしくてたまらないので、それをごまかすように態度がつんけんしてしまう。

「早く自分の部屋に帰りなさい」

洗面台の鏡越しに地塩を睨みつける。

「明日の晩もまた来る」

「ええっ!?」

「いいか、今夜のこと、椋代に言うなよ」

両肩を掴まれてくるりと振り向かされ、由多佳はぎくりとした。目の前の逞しい胸板にどぎまぎして目を逸らす。

「言うよ。言って鍵を替えてもらうから。だいたい身内に睡眠薬を飲ませるなんて……」

由多佳の説教を、地塩が目を眇《すが》めて遮る。

「言ったら石岡の立場どうなるかわかってんのか?」

「……えっ？」

「見張り役が薬盛られたことにも気づかずに眠りこけてたって知ったら、椋代はさぞかし怒り狂うだろうなあ」

「…………」

ごくりと唾を飲み込み、由多佳は地塩の顔を見上げた。

「あんた知らないだろうけど、椋代は自分の命令に背いた奴には容赦《ようしゃ》しねえ……たとえ身内でもな」

椋代が時折垣間見せる冷酷さを思い出し、由多佳はぐっと言葉を詰まらせた。

――自分が今夜のことを報告すれば、石岡が罰せられる。

いったいどんなことをされるのか想像もつかないが、石岡が気の毒でとても告げ口などできそうになかった。

由多佳の顔が青ざめるのを見て、地塩が満足げに口角を上げる。

「大丈夫だ。あんたさえ黙ってれば……」

由多佳の顎を持ち上げて、唇を寄せる。

「……そういう脅しみたいなやり方は卑怯だよ！」

キスされそうになり、由多佳は地塩を突き飛ばした。軽くよろめいて、地塩がまた拗ねた顔になる。

「卑怯でもなんでも、俺はやりたいことをやるのに手段なんか選ばねえよ」

「………それって……それこそヤクザのやり方じゃない」

地塩がむっとしたように唇を尖らせる。

「ヤクザの家だって言われるのが嫌だって言ってたよね？　だけど君のしてることは、ヤクザそのものだよ」

何か言い返されるかと思ったが、地塩は黙って由多佳を睨みつけた。

怒ったような……傷ついたような、複雑な表情で由多佳の目を見つめる。

「……また来る」

それだけ言って、地塩はくるりと背を向けてバスルームから出て行った。

……ひどく後味の悪い気分になり、その夜由多佳はなかなか寝つくことができなかった。

◇◇◇

翌朝、由多佳が目覚めると、石岡は既に起きて向かいの部屋で仕事をしていた。

「おはようございます」

由多佳が目を覚ましたことに気づき、石岡のほうから挨拶してくれる。

「おはようございます……」

明るい朝の光の中、夕べの淫らな行為の痕跡《こんせき》が残されていないか素早く見渡す。

地塩が帰ったあと、軽くシャワーを浴びて新しい下着と浴衣に着替えた。汚れ物は勇太が洗濯してくれることになっているのだが、下着は手洗いしてバスルームに干しているので多分大丈夫だろう。シーツも少し汚してしまったが、これは格子戸の外からは見えない、と思う。

「すんません、仮眠するとか言って爆睡しちまって」

石岡が申しわけなさそうに頭を掻く。

「い、いえ！　何もなかったですし、全然……っ」

手を振って、由多佳はぎこちなく笑顔を作った。地塩の言いなりになるのはしゃくだが、石岡に迷惑をかけるわけにはいかない。

「そろそろ勇太が朝食持ってきますんで、そしたら私は失礼します」

「はい、どうもありがとうございました」

ぺこりと頭を下げ、由多佳はバスルームへ行って顔を洗い、着替えて身支度《みじたく》を整えた。布団を畳んでいると、離れの扉が音を立てて開く。

離れに入ってきた一団を見て、由多佳は目を丸くした。朝食の盆を持った勇太の後ろに、椋代、地塩、真子人までいる。

「ご苦労さん」

椋代が石岡に声をかけ、石岡が一礼して退出する。

椋代の背後から「いいか、言うなよ」と無言の圧力をかけてくるので、二人に睨まれて体が竦む。

椋代に探るような目つきで見据えられ、由多佳はもごもごと口の中で挨拶を返した。地塩も

「先生、おはようございます」

「先ほど警察から連絡がありました。うちを狙撃した実行犯が捕まったそうです」

「そうなんですか……！」

ほっとして、由多佳は少し緊張を解いた。

「ええ。私の睨んだとおり、最近角南のところに出入りしていたチンピラでした」

「じゃあ一件落着ですね」

これでやっと座敷牢から出してもらえる。由多佳は安堵《あんど》のため息をついた。

「いえ、まだ角南が捕まってませんので」

由多佳の希望を、椋代が簡単に打ち砕く。

「実行犯は自分一人でやったと言い張ってます。うちに恨みがあったとね。角南の名前は出さないでしょう。まあ警察も薄々角南との繋がりには気づいてるようですが、角南の指示だったという証拠がない」

腕を組み、椋代は淡々と言った。

「角南の居場所はうちの者が探ってるところです。あいつには、今後こういう悪戯《いたずら》をしないと

誓《ちか》わせなきゃなりませんからね」

椋代の言い方に含みを感じ、由多佳はぞくりとした。しかしこの件に関しては、由多佳が口出しするわけにはいかない。椋代には椋代のやり方があるのだろう。

椋代には得体《えたい》の知れない怖さがある。石岡の失態については黙っていたほうがよさそうだ。

「というわけで、すみませんが先生と弟さんにはもうしばらくここにいていただきます」

「えー……」

不満そうな声を出したのは、椋代の後ろにいた真子人だ。

「俺、学校行かなきゃやばいんだけど。兄ちゃんだってそうだろ？」

格子戸に歩み寄ってきた真子人は、言葉とは裏腹にひどく不安そうな表情だった。

「……仕方ないよ。僕たちの安全を考えて下さってるんだから、もう少し辛抱しよう」

諭《さと》すように言って、格子戸を摑む真子人の指にそっと手を重ねる。

「兄ちゃあん……」

真子人が半ば涙目になって由多佳の手を握る。

格子の隙間は二十センチ四方ほどあるので、格子越しに手を握り合うことはできる。二人は互いの無事を確かめ合うように指を絡め合った。

それを見ていた地塩が、つかつかと大股で寄ってきて真子人の腕を持って引き剝がす。

「いてっ！　何すんだよっ！」

地塩を睨みつけ、真子人が目をつり上げる。

「いい年してブラコンかよ」

地塩が真子人を見下ろし、小馬鹿にしたように鼻で笑う。

「あーそうだよ。悪いか？」

真子人が開き直り、再び格子に手を突っ込んで由多佳の手を握る。

「俺はおまえと違って兄ちゃんに愛されてるからな。俺とおまえとどっち選ぶかって聞かれたら、兄ちゃん絶対俺を選ぶもん」

真子人の得意げな態度に、地塩の顔色がさっと変わるのがわかった。

「真子人、やめなさい」

慌てて由多佳は弟の子供じみた言動をたしなめた。子供の頃から、兄が自分の友達と親しげにしていると焼き餅《もち》を焼いて臍《へそ》を曲げる癖《くせ》は直っていない。

「兄ちゃんは誰にでも優しいから、おまえにも親切にしてるだけなんだよ。いい気になるなよ」

「なんだと？」

「真子人……っ」

睨み合い、今にも取っ組み合いの喧嘩を始めそうな真子人と地塩を止めようと、由多佳はおろおろしながら真子人の手を引っ張った。

「二人とも、先生に心配かけるような真似は慎《つつし》んで下さい」

椋代が少々うんざりしたように言って、地塩と真子人の襟首を摑む。椋代にかかると二人とも仔犬のような扱いだ。その慣れた様子に、この二人がしょっちゅう衝突しているらしいことが窺える。その昔、喧嘩っ早い真子人が近所の子供と揉めるたびに仲裁役をしていた由多佳は、密《ひそ》かに椋代に同情した。

「あれ？　兄ちゃん、耳の下のところ赤くなってる。なんかかぶれた？」

ふと振り向いた真子人が、不思議そうに首を傾げる。

「え……こ、これは……」

耳の下を手で押さえ、由多佳は冷や汗を流した。昨日はキスマークが目立たないようにタートルネックの服を選んで着たのだが、今日はすっかり忘れていて普通のシャツを着てしまった。

（う……っ）

さっきまでむくれていた地塩が勝ち誇ったように口元に笑みを浮かべるのを見て、ぎくりとする。余計なことを言わないでくれと目で訴えると、すっかり余裕を取り戻した地塩が胸を反らすようにして偉そうに頷いた。

「虫にでも刺されたんでしょう。さ、行きますよ」

椋代が面倒くさそうに言い、真子人の肩を摑んで格子戸から引き離す。

「虫!?　ダニかなんかか？　兄ちゃんをダニのいる部屋に寝かせるなんてっ！」

「燻煙剤《くんえんざい》焚《た》いて退治しましたからもう大丈夫です」

「ほんとに⁉　あ、ちょっとつ、もっと兄ちゃんと話したいんだけど！」

「先生はそろそろ家庭教師のお時間ですから。あなたも勇太と一緒に買い出し行きたいって言ってたでしょう」

（なんか……意外にもこの二人、仲良くやってるみたいだなあ……）

椋代に肩を抱かれるようにして引きずられていく真子人を見て、由多佳は目をぱちくりさせた。椋代から見たら、真子人は生意気でうるさい子供だろう。真子人はあまり空気を読まないので元ヤクザの若頭に対しても遠慮がないようだが、椋代のほうが色々手加減してくれているようでありがたい。

「……！」

ぼうっと椋代と真子人の後ろ姿を見送っていると、ふいに目の前の格子を大きな手が摑んだ。

「あいつよりも俺を選べよ」

爛々《らんらん》と光る目で見下ろされ、由多佳はたじろいで後ずさった。

「な……何言ってるの。真子人は弟だよ？　身内と君とじゃ比べようが……」

「いいからとにかく俺を選べ」

「何それ」

むっとして、由多佳は地塩を睨み返した。強引に拉致して閉じ込めておいて「俺を選べ」だなんて、勝手すぎる。

「坊ちゃん」

離れの出入り口から椋代に呼ばれ、地塩は格子から手を離した。

「――今夜も来るからな」

「……っ」

にやりと笑った地塩に宣言され、由多佳は唇を噛み締めながら俯いた……。

6

布団の中で寝返りを打ち、由多佳は枕元の時計に目をやった。蛍光色の針は午前一時を指している。

（そろそろ来る頃かな……）

ため息をつきながら、仰向けになって天井を見つめる。

――狙撃の実行犯が捕まってから一週間。月が替わって十一月になったが、相変わらず由多佳は座敷牢に閉じ込められたままだ。

そして毎晩のように地塩が夜這いにやってくる。

最初の日は石岡に睡眠薬を盛るという暴挙に出たが、その後なんらかの方法で石岡を味方につけたらしい。深夜に地塩が訪ねてくると、石岡は鍵を開けて手引きをし、逢瀬《おうせ》が終わるまでどこかへ消える。

石岡は積極的に味方しているというより、不承不承ながら地塩の言いなりになっているようだ。上司である椋代よりも、社長令息の地塩のほうが力関係は上なのかもしれない。

由多佳のほうは、決して言いなりになっているわけではない。簞笥《たんす》を移動させて格子戸を塞いでみたり、バスルームに立てこもって内側からドアを押さえたり、色々策を練って抵抗している。

しかしどんなに抵抗して暴れても、毎回あっさり布団の上にねじ伏せられてしまう。

(力じゃ全然敵《かな》わないし、それに……)

最初は無理やりでも、抱き締められてキスされているうちに頭がぼうっとしてくる。そして気がつくと浴衣を剝ぎ取られて、全身を大きな手や熱い唇で愛撫《あいぶ》されている。

地塩は決して由多佳を無理やり抱こうとはしない。最初の日のように性器を擦り合わせたり、エスカレートしても素股でとどまってくれているので、由多佳は危機感を失い始めていた。

多少強引だが、地塩は決して無理に挿入《そうにゅう》しようとはしない。それが由多佳へのいたわりなのか、地塩本人もまだ男同士のセックスに抵抗があるせいなのかはわからないが……。

「……!」

離れの扉をこつこつと叩く音がして、由多佳はびくっと布団の中で身を竦めた。石岡が立ち上がり、扉を開ける気配がする。布団から飛び出してバスルームに立てこもりたい気持ちを抑えながら、由多佳は目を閉じて寝たふりをした。

「今日はバリケード作ってないんだな」

南京錠を外して座敷牢の中に入り、地塩が後ろ手に格子戸を閉める。

「……」

手足を縮めて丸くなりながら、由多佳はじっと耐えた。

――今夜は抵抗しないと決めている。

抵抗すればするほど男は燃えるものだ、ということを、由多佳はこれまでの経験で知っている。地塩もきっと、由多佳が抵抗するから征服欲を煽られているだけなのだ。

従順にされるがままになっていれば、地塩はそのうち由多佳への興味を失うだろう。物珍しい玩具に夢中になっているだけの彼は、電池の切れた玩具には見向きもしなくなるに違いない。

「どうした。大人しく俺のもんになることにしたのか？」

「……っ！」

地塩の大きな手が布団に潜《もぐ》り込んできて、由多佳の太腿を撫で上げる。

抵抗しないと決めたが、やはりじっとしていることなどできそうにない。地塩の手から逃れようと、由多佳は布団の中で身じろいだ。

「先生……」

地塩が布団をまくり上げ、由多佳の背後にするりと忍び込んでくる。

「あ……っ」

後ろから抱き締められ、由多佳は思わず声を漏らしてしまった。慌てて両手で口を塞ぐが、背後から胸をまさぐられてびくんと体が反応してしまう。

「……ん、……あっ」

柔らかな乳首が、地塩の指でこね回されてあっという間に硬くなる。

「先生のここ、俺が触った途端硬くなったな」

地塩が耳元で、笑いを含んだ声で囁く。由多佳の素直な反応に満足したように、地塩は上機嫌だ。

「……っ」

いやらしい声が出てしまいそうになり、由多佳は歯を食いしばって乳首への愛撫に耐えた。

乳首がこんなにも敏感で感じやすいなんて、今まで知らなかった。地塩に触られて、初めて自分の性感帯だと気づいた場所だ。毎晩地塩に舐められたり弄られたりしているせいか、昼間も服の布地に擦れた拍子にじんじん疼いてしまうことがある。

今日も地塩の家庭教師をしていたときに乳首が凝《しこ》って困ってしまった。薄手のセーターを着ていたのだが、セーターに丸い肉粒が浮き出てしまいそうな気がして……地塩の視線を意識して余計に疼きが止まらなくなってしまった。

必死で声を抑えて身悶える由多佳に興奮したのか、地塩が布団の上に仰向けに押さえつけて浴衣の帯を解く。

「……んっ、ああっ！」

覆い被さるように抱きついてきた地塩に乳首にむしゃぶりつかれ、由多佳はたまらず甘い声を上げた。

「や、やめ……っ」

乳首への刺激は、官能に直結してしまう。早くも兆し始めたペニスを隠そうと、由多佳はもじもじと両脚を擦り合わせた。

「先生、今日の昼間、服の下でここ勃ってたんだろ。なんかもじもじして落ち着きがなかったもんな」

地塩が乳首から唇を離し、指先できゅっと摘む。

「……っ！」

やはり気づかれていた。勉強を教えながら乳首を疼かせていたと知られて、恥ずかしさと同時に奇妙な興奮が込み上げる。

「俺に数学教えながら、いやらしいこと考えてたのか」

「ち、違……っ」

嘘だ。考えていた。地塩の大きな手を見て、その手が自分の体を這い回るときのざらついた感触を思い出して……。

「俺はいやらしいこと考えてた」

地塩が上体を起こして浴衣と下着を脱ぎ捨てる。由多佳の下着も引きずり下ろして覆い被さり、熱い肌が直に触れ合う。

「ああ……っ」

猛々しく勃起した地塩の性器が、由多佳のそれに擦り合わされる。

その逞《たくま》しい質感に、由多佳の体は悦《よろこ》んでますます興奮する。弄ばれるのは嫌だと思いつつ、こうやって地塩に性器を擦られるのはたまらなく気持ちよくて……。

「ひゃっ、あ、だめ……っ」

ペニスを擦られながら乳首を愛撫され、由多佳はびくびくと身悶えて先走りを漏らした。地塩の熱い体、荒い息、男っぽい体臭のすべてが由多佳を官能の高みに追い上げる。

「先生……もう濡れてる」

「あ、あ、あああ……っ！」

耳元で囁かれ、一際強く乳首を摘まれた瞬間、小刻みに擦り合わされているペニスから失禁したように精液が溢れた。密着した二人の性器に、熱い液体がじわっと絡まる。

「……ほんと感じやすいんだな」

地塩が感心とも呆れともつかない口調で呟き、由多佳は恥ずかしさに身を捩《よじ》った。

由多佳が零した白濁のぬめりを借りて、地塩の逞しい勃起がぬちゃぬちゃと音を立てて擦りつけられる。

「あ、あん……っ」

まだ残滓を漏らしているペニスをごりごりと擦られ、同時に乳首を親指で強く押し潰されて、由多佳は腰が砕けるような快感に喘いだ。

「ん、だめっ、触らないで……あ……っ」

やがて地塩の動きが、射精に向けて加速する。

「あ……ああ……っ」

いく瞬間、地塩がぎゅうっと引っ張り上げるように由多佳の乳首を摘んだ。

痛いくらいに摘まれているのに、それはもう快感でしかなかった。

「ん……っ」

きつく抱き締められて口づけられ、射精の余韻の残る体がじんと心地よく痺れる。

……地塩を喜ばせるような反応をするまいと思っていたのに、触られているうちにまた乱れてしまった。自己嫌悪が込み上げてくるが、口腔内をまさぐる舌の感触に気を取られ、何も考えられなくなる。

(気持ちいい……)

地塩の真意はわからないが、キスは情熱的で優しい。

心と体が熱くなり、射精とは違った快感に甘く包まれる。

――荒い呼吸が落ち着き始め、由多佳は地塩の腕の中で今日の昼間の出来事を思い出していた。

椋代の態度がやや軟化したのか、ここ数日地塩の家庭教師の合間に真子人が訪ねてくるようになった。

格子戸越しじゃ話もできないと駄々をこね、ついに椋代に鍵を開けさせ、毎日座敷牢の中で何時間か過ごしている。由多佳が適当に着ている服の組み合わせが気に入らないらしく、今日は簞笥《たんす》の中身を全部引っ張り出してチェックし、勇太のセレクトに駄目出しをしていた。

二人きりになったとき、ふと真子人が手を止めて言った。

『あのさあ……椋代さんが探してるっていう角南って人、本当に敵なのかな』

『……どういうこと?』

首を傾げて尋ねると、真子人は由多佳の腕を引っ張ってバスルームへ連れ込んだ。

『だってあれから全然襲撃なんてないし。お屋敷の皆もさほどピリピリしてるわけじゃねーし。俺思ったんだけどさ、角南って男の狙撃とか脅迫状とか、兄ちゃんをここに閉じ込めるための狂言なんじゃねえの?』

『まさか……だって実際狙撃の実行犯は警察に捕まってるんだよ』

『それだって、椋代さんがやらせたのかも』

『あり得ないよ。椋代さんは地塩くんが僕に興味を持っていることにいい顔してないし』

真子人の懸念を由多佳は一笑《いっしょう》に付《ふ》したが、あとになってむくむくと疑惑が胸に広がってきた。

椋代は地塩のお目付役のような存在だが、地塩に仕えている身だ。元組長の息子が何か命じたら、逆らえないのではないだろうか。

(だけど、そこまで手の込んだ芝居なんかするわけ……ないよな)

そう思いつつも、地塩の由多佳に対する非常識な執念ぶりを考えるとあり得ない話でもないような気がしてくる。なんせ地塩は由多佳のバイト先に手を回したり、身内に睡眠薬を盛ったりしているのだ。

うーんと満足げな唸り声を上げ、地塩が由多佳を抱いたままごろりと仰向けになる。

地塩の腕から逃れようと身じろいだが、力強い腕はびくともしない。諦めて由多佳は地塩の厚い胸板を枕代わりにし、おそるおそる切り出した。

「……角南さんて人、見つかったの?」

「まだ。新宿《しんじゅく》にある組事務所はもぬけの殻《から》で、どうやら東京から出てったらしい。福岡《ふくおか》で見かけたって情報があって、椋代が部下に捜させてる」

地塩の答えは淡々としていて、嘘なのか本当なのか判断がつかなかった。

「あんたは心配しなくていい」

地塩の手が、由多佳の手触りのいい髪の感触を楽しむように撫でる。

「だけど……」

「ずっとここにいろ」

髪に口づけられ、由多佳はびくんと背筋を震わせた。

「そういうわけにはいかないよ。僕にも僕の生活があるんだから」

拘束が緩んだ隙に、地塩の腕から逃れて体を起こす。

地塩の黒い瞳が不満げに眇《すが》められた。それを見て、懐《なつ》いているように見えても彼は猛犬なのだということを思い出す。

「角南の一件が片づいたら、ここから大学に通えばいいじゃねえか」

「ええっ？　そんな、勝手なこと言わないでよ」

「なんだよ、俺と一緒に住むのが嫌なのかよ」

「嫌とかそういう問題じゃなくて……あっ」

地塩に腕を引っ張られ、布団の上に仰向けに押し倒される。耳たぶを甘く嚙まれ、由多佳は首を竦めた。

――今まで、こんなにも誰かに熱烈に求められたことはなかった。

甘い言葉を囁かれ、求められることは心地いい。けれど地塩はまだ高校生だ。一時的に熱を上げて口説《くど》いているだけで、本気とは思えない。

「あんたは俺のもんだ……」

由多佳の首筋に口づけながら、地塩が独り言のように呟く。

(僕は誰の所有物でもない)

口には出さなかったが、由多佳は地塩の言葉に反発を感じた。俺のもの、という言い方にはどうしても抵抗がある。それは多分、椋代の言った「珍しい玩具に夢中になっているだけ」という言葉を思い起こさせるからだ。

そのうち地塩はこの珍しい玩具に飽きて放り出すだろう。地塩が飽きるまで大人しく言いなりになっていれば済むことだ。

(だけど、地塩くんが飽きるまでこうやって弄ばれ続けるのは嫌だ)

情熱的なキスや愛撫は、まるで本当に愛されているかのように勘違《かんちが》いしてしまいそうになるから……。

(……このままじゃいけない)

何か現状を変える方法を考えなくてはならない。

地塩に肌を愛撫されながら、由多佳は心の中で決意した。

◇◇◇

翌日の家庭教師の時間、由多佳は地塩と一緒にやってきた椋代に、話があると切り出した。

「すみません、あの……今日は僕、どうしても大学行かないとまずいんです」

「大学に？」

椋代にじろりと見下ろされて気持ちが怯むが、ここで退いてはいけないと自分を奮《ふる》い立たせる。

「はい。今日の講義に出席しないと単位がもらえないんです。単位が足りないと実習に行けなくなって困るんです」

夕べ考えた言いわけだ。実際には一度や二度休んだくらいで単位がもらえないということはないし、実習にも影響はない。嘘をつくのは苦手なのであまり上手い言いわけを思いつかなかったが、なんとかこれで押し通そうと決めた。

椋代が顎に手をやって、その言葉の真偽を確かめるように由多佳の目を見据える。

(う……ここで目を逸らしちゃだめだ……っ)

ごくりと唾を飲み込み、由多佳は瞬きもせずに椋代の目を見返した。

「そうですか……いいでしょう」

意外にも、椋代はあっさりと頷いた。突っ込まれたときのために教授がすごく厳しいだの単位がもらえないと奨学金を打ち切られるだのといった言いわけも準備していた由多佳は、少々拍子抜けしてしまった。

「角南は今、福岡にいます。うちの者が張ってますし、水面下で動いてる気配もないですから今なら大丈夫でしょう」

「あ、ありがとうございます……!」

由多佳の顔が、ぱあっと輝く。座敷牢から出るのは十日ぶりだ。

「ただし護衛をつけます。その講義が終わったらすぐにここへ帰ること。アパートには立ち寄らないで下さい」

「わかりました」

短時間でも外に出られるのは嬉しい。こうやって徐々に外出時間を増やしていけば、何かしら事態が好転するのではと期待する。

「私が護衛するのが一番いいんですが……石岡も今日は手が離せないし……」

「俺が行く」

椋代の言葉を遮ったのは地塩だった。一歩前に出て、由多佳をじろりと見下ろす。

（ええ……嫌だ……！）

地塩と距離を取りたくて大学に行きたいと言ったのに、それでは意味がない。

「坊ちゃんが？」

椋代がうーんと唸って腕を組む。

「なんだよ、俺のことが信用できないのかよ」

地塩が不満そうに口を歪める。

「いえ、坊ちゃんの度胸と腕っ節はよく存じ上げてますから」

「じゃあ俺でいいだろ」

「角南が狙ってるのは先生と坊ちゃんですよ。わざわざ二人一緒に行動するのは馬鹿げてます」

そうだ、もっと言ってやれ、と由多佳は心の中で椋代をけしかけた。

しかし地塩が胸を反らしてふんぞり返る。

「親父なら、自分のものは自分で守れと言うはずだぜ」

地塩のセリフに、椋代が珍しく言葉を詰まらせた。顎に手を当てて思案顔になる。

「なんなら親父に電話して聞いてみろ」

「……わかりました。いいでしょう」

両手を挙げて、椋代が大袈裟にため息をついた。

「大学までの車の送迎は勇太にやらせます。坊ちゃん、くれぐれも目立たないように行動なさって下さいね。それと、服装をいつもよりも地味に……」

「わかってる」

返事をしながら、地塩がにやりと笑って由多佳のほうへ振り向く。

由多佳と一緒に大学へ行けるのが嬉しいらしく、目が爛々と輝いている。元気があり余っている仔犬が、散歩に連れていってもらえると知ったときの喜びようとよく似ている。

(なんか……計画が裏目に出たような……)

自分にこの大きな仔犬を連れて歩けというのか。

しかし今更「やっぱり行くのやめます」とは言えず、由多佳は天井を仰ぎ見た……。

――――慶明大学の駐車場に、黒いワゴン車が停車する。

「自分はここで待機してますんで、何かあったらお呼び下さい」

エンジンを切った勇太が、運転席から振り向いて言った。

地塩が頷き、後部座席のドアを開ける。

（うう……っ）

地塩にしっかりと手を握られたまま、由多佳も後部座席から駐車場に降り立った。

車中で由多佳は、ずっと地塩に手を握り締められていた。勇太の目もあるので離して欲しかったのだが、手を引っ込めようとすると地塩が脅すように太腿を撫でるのだ。勇太のいるところで太腿を撫で回されるよりも、手を繋いでいるだけのほうがましだと判断し、由多佳はそれ以上の無駄な抵抗はやめた。

久しぶりの外出は嬉しいが、先が思いやられて大学に着くまでにかなり消耗してしまった……。

「お二人とも、気をつけて行ってらっしゃいまし！」

「ありがとう……」

勇太の言葉に力なく頷いて、由多佳はワゴン車を後にした。

幸い駐車場には誰もいなかった。しかしどこに人目があるかわからない。由多佳はそっと地塩の手に手を重ね、小さく「離して」と訴えた。

「…………」

地塩が由多佳を見下ろし、不承不承手を離してくれる。

駐車場から図書館の脇の道に出ると、学生がまばらに行き交っていた。一際長身の地塩は嫌でも目を惹く。すれ違う学生がそれとなく視線を寄越すのがわかる。

(そういえば前に一緒に電車乗ったときも注目浴びてたよなあ……)

椋代に言われたせいか、地塩の服装は地味めだ。ごく普通のジーンズとスニーカー、Tシャツの上に黒いジャケットを無造作に羽織っている。それだけ見るとキャンパスを行き交う学生たちにすんなり溶け込む格好なのだが、なんせ本人が目立つ容姿なので仕方がない。

街中ならまだしも、キャンパス内で目立つのは勘弁して欲しい。自然と由多佳は俯きがちになり、そそくさと教室のある建物へと急いだ。

「中村くん!」

掲示板の前で足を止めて見上げていると、後ろから肩を叩かれた。振り向くと、福田杏奈がにこにこ笑っている。

「久しぶり。最近ずっと休んでたけど、どうしたの?」

「ああ……ちょっと風邪引いて寝込んじゃって」

座敷牢に入れられて二日ほど経った頃に、勇太に携帯の充電器を貸してもらった。友人からの電話やメールには風邪を引いて寝込んでいると返事をしている。

「まじで？　大丈夫？」

「うん、もう平気」

由多佳と話しながらも、杏奈の視線はちらちらと由多佳の隣に立つ地塩に注がれている。

「お友達……？」

肩に垂らした巻き髪を指先で弄りながら、杏奈が首を傾げるようにして地塩を見上げた。今まで由多佳には見せたことがないようなコケティッシュな仕草だ。

「え？　あ……うん」

そういえば人に聞かれた場合になんと答えるか考えていなかった。地塩が妙なことを言い出さないうちに、慌ててつけ加える。

「あの、僕がカテキョしてる子なんだ。うちの大学を見てみたいって言うから……」

「ええっ、高校生なの⁉　何年生？」

杏奈がやや芝居じみた仕草で口元に手を当てる。

「そう……えっと」

何年生だったっけ、と地塩の顔を見上げる。

「三年生」

地塩が由多佳を見下ろし、答える。

「ええー、見えないねえ。中村くんより年上かと思っちゃった。三年ってことは、十七

「……？」

「十八」

ジーンズのポケットに手を突っ込み、地塩が面倒くさそうに言った。

（そっか……地塩くんて真子人より年下なんだった）

地塩の年齢をすっかり忘れていた。今更ながら、弟よりも年下の男に振り回されていることに愕然とする。

（確かに見た目は大人びてる。でも中身は十八以下）

くるりと背を向けて、由多佳は掲示板の前を離れた。地塩がその隣にぴったりと寄り添う。

「中村くん、これから社会学概論《がいろん》出るの？」

杏奈の問いかけに、由多佳は振り向いて頷いた。一般教養の人気講義なので、大教室で大勢の生徒が出席する。地塩が混じっていてもばれる心配がないだろう。

「あたしも」

杏奈が小走りに駆け寄って、地塩の隣に並んで歩く。

「え、福田さん概論取ってたっけ？」

大教室で見た覚えがなくて、由多佳は少々驚いた。

「取ってるよ。いくら出席取らないっていっても、たまにはちゃんと出ないとね」

杏奈のセリフに、由多佳は冷や冷やして地塩の顔を見上げた。椋代についた嘘がばれてしまう。しかし地塩は二人の会話には興味がないらしく、まったく表情を変えずに歩いている。

（……ま、あの出席云々《うんぬん》の話は椋代さんもあんまり信じてないっぽかったしな）

角南が福岡にいることの確認が取れたので、たまには由多佳に外の空気を吸わせてやろうと思っただけなのかもしれない。

「名前なんていうの？」

杏奈に問われた地塩が、由多佳をじっと見下ろす。その目が「答えていいのか？」と聞いている。ここに来るまでの間、車中で「僕の友達にあんまり変なこと言わないでね」と釘を刺しておいたせいだろう。

「えと……地塩くんていうんだ」

「へえ、珍しい名前だね。どういう字を書くの？」

杏奈の質問に由多佳が答えている間も、地塩の視線は由多佳に貼りついて離れない。

（あんまりガン見するなって言っておけばよかった……）

しかし不思議と不快ではなかった。初めて散歩に出かけた仔犬が、ろくに前を見ずに尻尾を振りながら飼い主を見上げているようなものだ。あれを見ると、足にじゃれつくのはいつでもできるんだから今は散歩に専念しなさいと言いたくなる。

教室棟までの道は、キャンパスのメインストリートともいえる人通りの多い道だ。ちょうど講義が終わった時間で、大勢の学生が教室から溢れ出てくる。

集める。

地塩単体でも目立つのに、ミスキャンパス候補の杏奈が一緒にいるものだから嫌でも注目を集める。

ちらりと隣を見上げると、ワイルドな男前とゴージャスな美女の二人はまるで似合いのカップルのように見えた。

ふいに由多佳は、地塩が杏奈の美しさに心惹かれるのではないかという思いに囚われた。

(……いや別に、それならそれで僕は別に構わないんだけど)

地塩の気持ちが他の人に移ってくれたら、不毛な関係を終わりにしたい自分にとっては都合がいいはずだ。むしろそうなってくれることを願うべきなのに……。

「地塩くん、ここの大学志望なの?」

「いや別に」

杏奈があれこれと話しかけているが、地塩は杏奈のほうを見ようともせずに生返事をしている。その態度に、由多佳は内心ほっとしたようなくすぐったいような、なんとも説明しがたい感情を覚えた。

杏奈は魅力的な女の子だ。男なら誰でも見とれてしまうし、笑顔で話しかけられたら舞い上がってしまう。

けれど、地塩の視線はずっと由多佳にだけ注がれている。

そのことがどうしてこんなに胸の内を熱くさせるのだろう……。

キャンパスの喧噪《けんそう》の中、由多佳は地塩の黒い瞳に吸い込まれるように視線を絡め合った。

「……うわっ！」

突然地塩に腕を摑まれて叫ぶ。

「気をつけろよ」

地塩に言われて、自分が段差につまずいて転びそうになったことに気づく。

「あ、ありがと……」

体勢を立て直すが、地塩の手は由多佳の腕を摑んだままだ。なんとなく振り払えずに、そのまま教室棟へ向かう。

「仲いいんだねー」

杏奈に感心したように言われ、由多佳は曖昧に笑った。


緩やかな傾斜のある大教室は、既に七割ほどの席が埋まっていた。杏奈の言うとおり出席は取らないにもかかわらず、授業内容が面白いので学生の出席率は高い。

いつもは黒板がよく見えるように前のほうに座るのだが、今日は目立つ男を連れているので、後ろから数列目の窓際に座ることにした。

空いた席を見つけて座ると、地塩がその隣の席を素早く確保する。そして杏奈もすかさずその隣に座った。

「杏奈」

三人が席につくやいなや、同級生の女の子が数人わらわらと寄ってきた。

「ねえ、友達……？」

「誰？」

小声で囁き、目を輝かせながら地塩をちらちらと見る。

「中村くんの、カテキョの教え子なんだって」

杏奈が地塩の横顔をうっとりと見つめながら、やや誇らしげに答える。

「ええええーっ、高校生なの!?」

「中村くん、私にも紹介してっ！」

由多佳と地塩の前の席に、ずらりと女の子たちが立ち並ぶ。色めき立つというのはこういうことを言うのか……と由多佳はやや圧倒されながら彼女たちの顔を見上げた。

当の本人である地塩は、頬杖《ほおづえ》をついて相変わらず由多佳を見つめている。

「あ……先生来たから、またあとで……」

彼女たちの熱気にたじろぎ、由多佳はおずおずと教壇のほうを指した。残念そうにしつつも、彼女たちは鼻息荒く由多佳たちの前の席に陣取る。

講義開始のベルが鳴り、ざわめいていた教室が静まり返った。

（地塩くんてほんとにもてるな……一目見ただけでこれだけ女の子が寄ってくるってすごいよ）

ノートを広げつつ、由多佳は気もそぞろだった。毎週楽しみにしている講義の一つだが、教授の言葉が耳を素通りしていく。

地塩の顔立ちは俳優やアイドルのような甘さはないが、精悍で男らしい。逞しい体つきとあいまって、今どき珍しいいくらいに男くさい色気がある。日頃は合コンでまず相手の大学名や会社名などをチェックしている彼女たちも、地塩の圧倒的な牡のフェロモンに無条件に引き寄せられている。

ふと、自分はどうなのだろうと思った。

自分もまた、この魅力的な牡に引き寄せられている一人なのかもしれない……。

（いやいや、何を考えているんだ……っ！）

軽く頭を振って、由多佳は妙な考えを振り払った。

ふと、隣の地塩が頬杖をついたまま目を閉じていることに気づく。

（あれ、寝ちゃった？）

地塩が一旦薄目を開け、大きなあくびをしてぱたんと机の上に突っ伏した。由多佳のほうに顔を向けて、小さな寝息を立て始める。

地塩の頭越しに杏奈と顔を見合わせ、由多佳はくすりと笑った。

(こうやって見ると、まだまだ子供っぽいっていうか……)

明るい陽差しの下で見る寝顔は、いつもよりもあどけなく見える。

久しぶりに穏やかな気持ちになり、由多佳は爆睡する地塩の傍《かたわ》らで黒板の文字をノートに書き写していった。


講義の終了を告げるベルが鳴る。

いきなり鳴り出したベルに、地塩が不機嫌そうに眉をしかめて目を開けた。

「よく寝てたねー」

杏奈が可笑しそうに、けれど微妙に媚《こ》びを含めた口調で地塩に笑いかける。講義の間、彼女の意識はずっと地塩に向けられていた。

「もう帰るんだろ」

杏奈の言葉には返事をせず、地塩は体ごと由多佳のほうへ向き直った。

「ねえねえ、このあとお茶しに行くんだけど、よかったら一緒に行かない？」

講義が終わった途端、前の席の女の子たちが振り返って地塩に話しかける。

「行かね」

地塩の素っ気ない返事に、女の子たちが「えーっ」と不満そうな声を上げる。しかし地塩は彼女たちのほうを見ようともせずに立ち上がった。

「ごめんね……あ、地塩くん待って」

彼女たちのがっかりした顔に軽く手を合わせ、由多佳はさっさと教室の出口に向かう地塩の背中を追った。

「お、中村。久しぶりじゃん」

大教室を出たところで、同級生の畑野《はたの》と鉢合《はちあ》わせた。同じ学科の仲のいい友人の一人だ。訝《いぶか》しげに地塩を見上げる畑野に、杏奈に説明したのと同じように「僕がカテキョしてる教え子」と紹介する。杏奈たちと違って、畑野は地塩の素性を把握《はあく》するとそれ以上は興味を示さなかった。

「おまえが学校休むのって珍しいよな。どうしたの？」

「ああ……ちょっと風邪引いちゃって」

「もう大丈夫なのか？」

「うん。あ、そうそう、先週の児童心理、出た？」

由多佳が畑野と話している間、隣で地塩が次第に苛立ってくるのがわかった。

（まったく……子供みたいなんだから）

待たされてぐずっているのだろうと思い、由多佳は地塩を無視してしばらく畑野と立ち話をした。先週休んでしまった講義も気になるし、ずっと地塩に振り回されっぱなしなので、ささやかな抵抗をしてみたい気持ちも少々あった。

畑野としゃべっていると次々に顔見知りが「お、久しぶり」「今度教育史のノート貸して」などと声をかけてくる。面倒見がよくて性格も穏やかな由多佳は結構友達が多いのだ。

次の講義に出るという畑野と別れて歩き始めた頃には、地塩はすっかりふて腐れていた。

「……さっきの男、なんなんだよ」

「え？　畑野？　同級生だけど……」

「先生のこと、すげー見てた」

「……ええ？」

どうやら地塩が的外れな嫉妬《しっと》をしているらしいと気づき、由多佳はぷっと噴き出した。

「何が可笑しいんだよ」

「畑野はちゃんとつき合ってる彼女がいるし、そんなんじゃないよ」

地塩の顔から少し険しさが薄れる。しかし渋面《じゅうめん》を保ったまま、地塩は由多佳の手を握った。

「ちょ、ちょっとっ！」

次の講義の開始を知らせるベルが鳴る。廊下には誰もいないので、由多佳は地塩の手を振りほどくのに無駄な力を使うことをやめた。

「そっちは行き止まりだよ」

　地塩が教室棟の出口を通過して廊下の奥へ行こうとするので、由多佳は足を止めて逆に地塩の手を引っ張った。ここから先は小さな教室ばかりで、ほとんど授業に使われていないので廊下の明かりも消してある。

　地塩も立ち止まり、じっと由多佳を見下ろす。

「何……？」

「……あいつらの他にも友達とかいるんだろ」

「え？　うん……そりゃまあ……」

「……俺のもんになりたがらないのは、誰か好きな奴がいるからか」

「……ええええ!?」

　地塩の突拍子もない言葉に、由多佳は目を剝いた。

「そんなことあるわけないよ。いったいどっからそんな発想が……」

　そう言って笑いかけたが、地塩の黒い瞳が揺れるのを見て口元を引き締める。

「友達はいるけど、みんな普通の友達だよ」

「……俺は、座敷牢でのあんたしか知らない。ここでのあんたを知らない」

　地塩が苦しげに呟く。

「え……？」

「閉じ込めておけば、俺のものになると思ってた。……だけどあんたには、俺の知らない生活

てくる。

地塩の言葉は、いつになくたどたどしかった。うまく説明できずに苛立っているのが伝わってくる。

「……どうしたの、急に……」

地塩のそんな顔を見るのは初めてで、由多佳も戸惑った。

「俺……」

地塩が口を開きかけ、しかし言葉が出てこないらしくて言い淀《よど》む。

地塩の黒い瞳が不安げに揺れているのを見て、思わず由多佳は地塩の頭に手を伸ばした。小さい頃真子人によくそうしてやっていたように、少し乱れた髪を直しながらそっと撫でる。

地塩の子供じみた独占欲が、なぜか急に愛《いと》おしく思えて……。

「うわっ！」

由多佳に髪を撫でられた地塩が、突然体ごとぶつかるように由多佳に抱きついてきた。

ぎゅうっと抱き締められて胸が密着し、背骨がみしみしと音を立てる。

「…………俺、もっとあんたのこと知りたい」

吐息とともに告げられて、由多佳の心臓がどくんと脈打った。

——地塩が、自分のことを知りたがっている。

人の都合などお構いなしで、なんでも自分の思いどおりにしてきた自分勝手な地塩が、自分

のことを知ろうとしてくれている……。

胸がどきどきして、体の芯がじんわりと熱くなった。官能的な高ぶりとは違う、切ないような苦しいような感情が胸を締めつける。

自分はずっと、地塩に弄ばれているだけだと思っていた。手近にいる珍しい玩具なのだと思っていた。だけど、地塩の言う「俺のものにする」というのは、本当に好きだからこその独占欲なのかもしれない。

地塩が自分に向けてくれている気持ちを信じたい。

「……僕も、地塩くんのこともっと知りたい……」

熱に浮かされたように、由多佳は小さく囁いた。

――地塩のことを知りたいと思うのは、地塩のことが好きだからだ。

いつの間にか、この横暴な暴君に心を奪われていた。

そのことに気づいて、由多佳の白い頬が薔薇《ばら》色に上気する。

「……っ」

地塩に肩を摑まれ、やや乱暴に顎を摑まれて上向かされる。

地塩の熱を帯びた瞳と由多佳の潤んだ瞳が絡み合い……深々と口づけられる。

「……んんっ！」

熱い舌が口の中に押し入ってきて、由多佳ははっと我に返った。

（ええ……っ、ここ廊下……！）

ひと気がないとはいえ、いつ誰が通りかかるかわからない。慌てて地塩の腕を叩く。

「んっ、ん……っ、やめ……っ」

一旦唇を離し、地塩が切羽詰まったように由多佳の腕を摑む。由多佳の腕を引っ張って、手近な教室の戸をがらっと開ける。

カーテンが閉められたままの小さな教室には誰もいなかった。

地塩が後ろ手に戸を閉め、薄暗い部屋に二人きりになる。

「地塩く……んんっ」

黒板の横の壁に背中を押しつけられ、再びキスされる。

座敷牢での毎晩の行為のせいで、由多佳の体は素直に口腔への愛撫を受け入れ、粘膜が触れ合う熱い感触に悦んだ。あっという間に脚の間に熱が集まるのがわかる。

（あ……ま、まずい……っ）

ここは座敷牢ではなくキャンパスの教室だ。誰もいないとはいえ、鍵はかかっていない。やめさせなければ……と思うのだが、地塩に上顎をねっとりと舐められると体の芯が痺れて何も考えられなくなってしまう。

「んんう……っ」

口づけられながら服の上から胸をまさぐられ、由多佳は背筋をびくびくと震わせた。

「……やっ、だ、だめ……っ」

長くてしつこいキスが終わる頃には、由多佳の感じやすいペニスはすっかり硬くなってしまった。ぴったりしたズボンの股間が、控えめながら膨らんでいる。

そしてその変化に、地塩が気づかないはずがなかった。

「ひゃあんっ！」

ズボンの上から大きな手でむんずと掴まれて、由多佳は前屈みになって内股を寄せた。

しかし無遠慮な手は由多佳の脚の間に潜り込み、長い中指が会陰《えいん》部を通り過ぎて奥まった場所を探る。

「い、いや！　やめ……っ」

びくびくと腰を震わせ、由多佳は反射的に内股をぎゅっと閉じてしまった。

「あ……っ」

地塩の手を股に挟み込んでしまい、地塩の手が触れている部分がじわっと熱くなる。

「ああ……んっ、は、離してっ」

先端から先走りが少し漏れてしまった気がする。これ以上地塩に触られていると下着を汚してしまいそうで、由多佳は地塩の胸を叩いた。

「先生が俺の手挟んで離してくれないんだろ」

地塩が耳元でくすりと笑う。

「……っ！」

地塩の言うとおりだった。地塩の手を股に挟んで擦りつけるように腰を揺らしていることに気づき、真っ赤になって狼狽《うろた》える。

無意識とはいえ破廉恥なことをしてしまい、恥ずかしくてたまらない。

地塩の手が、由多佳のペニスを撫でるようにしてするりと股の間から出ていく。そのやんわりとしたタッチでさえ敏感になっている体には刺激が強く、由多佳は口を覆って声を殺した。

「え、な、何!?」

突然地塩がその場にひざまずき、由多佳の腰を両手でがっちりと掴んだ。

至近距離でズボンの膨らみを凝視され、下着の中で先走りが溢れるのがわかる。

「このままじゃ辛いだろ」

「え、ちょ、ちょっと！」

ベルトを外されてファスナーを下ろされそうになり、由多佳は慌てて地塩の手を振り払った。

「ズボン濡らしたくなかったらじっとしてろ」

地塩が顔を上げ、由多佳の顔を下から覗き込んだ。そのストレートな物言いに、耳まで赤くなる。

「え、や、何を……っ」

由多佳の両手首を左手でひとまとめに掴み、地塩は右手だけでズボンのファスナーを下ろした。

ズボンがするりと膝までずり落ち、水色のボクサーブリーフが露わになる。勃起したペニスの先端が当たっている部分に、濡れた染みができていた。

「あ……っ」

地塩の視線を感じて、由多佳はきゅっと内股に力を入れた。同時に下着の染みがじわっと広がってしまう。

地塩にウエストのゴムをずり下ろされ、由多佳の勃起したペニスがぷるんと飛び出す。

「うあ、ご、ごめ……っ」

顔を間近に近づけていた地塩の鼻先に初々しい亀頭がつんと当たってしまい、慌てて由多佳は腰を引いた。ピンク色の亀頭はもう先走りでびしょ濡れで、そんなものを顔に当ててしまって申しわけなさでいっぱいになる。

しかし地塩は怒らなかった。それどころか、由多佳の濡れた亀頭をぱっくりと咥《くわ》え……。

「うわあああっ！」

驚いて、由多佳は地塩の髪をぐいぐいと押しやった。

地塩の大きな口が、由多佳の小ぶりなペニスを根本まで咥え込む。長い舌の上にペニスを載せるようにして、ねっとりと舐める。

「いやっ、それやめて！　あ、ああっ」

初めての口腔での愛撫に、由多佳はあっという間に追い上げられてしまった。

亀頭を丹念《たんねん》にしゃぶられ、舌先で割れ目をなぞられて、腰が砕けそうになる。その場にくずおれそうになるが、地塩にがっちりと腰を摑まれて壁に押しつけられる。

「あ、だ、だめ、あああ……っ！」

先端を強く吸われ、由多佳はびくびくと震えながら達した。

「あ……ん……っ」

残滓を漏らすペニスを、熱い粘膜が包み込む。我慢していたおしっこが漏れたときのようなじんわりとした快感に、由多佳はぶるっと背筋を震わせた。

由多佳の萎《な》えたペニスを、地塩はなかなか解放してくれなかった。小ぶりなサイズはしゃぶるのにちょうどいいらしく、感触を楽しむように口の中で転がす。

「や……もうやめて……っ」

ようやく地塩の唇が、ちゅぽんと音を立てて名残惜しげに離れていく。同時に由多佳はぺたんと床にしゃがみ込んだ。

地塩も床に膝をつき、満足げに唇をぺろりと舐める。

(地塩くん……僕の、の、飲んじゃったの!?)

かあっと頬を染め、由多佳は地塩の口元を見つめた。

地塩の大きくて厚めの唇はやけに肉感的で、この唇にペニスを咥えられたのだと思うと全身の肌がぞくりと粟立つ。

同時に途方もない恥ずかしさが込み上げてきて、由多佳の潤んだ瞳にみるみる間に涙が溜《た》まっていく。

「う……」

ぽろりと涙が零れてしまい、慌てて手の甲で拭う。しかし涙は次々溢れてきて止まらない。

「泣くなよ……気持ちよかっただろ」

地塩が手を伸ばし、由多佳の頬の涙を指で掬い取る。

「きょ、教室で、こんなこと、するなんて……っ」

泣きじゃくりながら、由多佳は地塩の手を振り払った。

「誰もいねえし、あのままじゃやばかっただろ」

「地塩くんが変なことするからだろ……っ」

恥ずかしいので、それをごまかすように由多佳は大袈裟に怒った。しかしセリフとは裏腹に、声は快感の余韻で甘く掠れてしまう。

「先生……」

頬を上気させて喘ぐようにしゃくり上げる由多佳を見つめ、地塩の声にも欲情が滲む。

「……っ！」

地塩に手を握られて引き寄せられ、由多佳はぎくりとした。

地塩が自分の手を導こうとしている先には、彼の勃起がジーンズの前を隆々《りゅうりゅう》と盛り上げていて……。

「あ……っ」

手のひらに、硬い膨らみが触れる。咄嗟に手を引っ込めようとするが、地塩にぐいと手を押しつけられてしまう。

(すごい……)

服の上から触れるのは初めてだが、由多佳はこれがどんなに大きいかよく知っている。

ジーンズを突き破らんばかりの勃起は、由多佳の手のひらの下で窮屈《きゅうくつ》そうに暴れた。

「先生……俺のも触って」

地塩に囁かれ、由多佳は催眠術にかけられたように彼のベルトに手をかけた。震える手でベルトを外し、慎重にファスナーを下ろす。

(うわ……)

ローライズの下着から、逞しい屹立《きつりつ》が半部以上はみ出していた。

亀頭の割れ目から、透明な先走りがとろりと零れる。

「あ……」

由多佳の体の奥がずくんと疼いた。この大きな亀頭が裏筋を擦る感触や、滑らかな内股に挟んだときの質感を、由多佳の体はよく覚えている。

地塩が自らの下着を下ろし、太い茎の根本まで晒し出す。

血管を浮かせて怒張した性器はグロテスクといっていいほどの様相だが……由多佳はふらふらと誘われるようにほっそりした指を伸ばした。

「う……っ」

そっと茎の部分を握ると、地塩が短く呻く。

（すごい……硬くて太くて……）

由多佳の華奢な手のひらに包まれ、地塩の勃起がどくどくと脈打つ。先走りがどっと溢れ、由多佳の手にまで滴ってきた。

「せ、先生……っ」

——あとから思えば、このときの自分はどうかしていたに違いない。

地塩が声を上擦らせ、いつもの余裕をなくして苦悶の表情を浮かべているのを見て、由多佳は上体を屈めて握ったものに唇を近づけ……。

「んん……っ」

唇が灼《や》けるように熱い。地塩のものは大きすぎて、由多佳の小さな口は先端だけでいっぱいになってしまった。

「おい、無理すんなって……！」

由多佳の行動に、地塩のほうが驚いたようだった。必死で亀頭をしゃぶろうとする由多佳の頭を押して、口から出させようとする。

「ん、んんっ」

両手で包み込むように茎を握り、由多佳は更に深く咥えようと口を開けた。

テクニックも何もない、拙《つたな》いフェラチオだ。舌を使う余裕もなくただ咥えているだけだが、
それでも地塩は興奮したらしく、由多佳の口の中でぐんと大きくなる。

「先生やばいって、もう出るから……っ」

出していいよと言おうとするが、口の中がいっぱいで言葉が出てこない。

「う……！」

地塩に強く頭を押しやられ、唇から亀頭がちゅぽんと音を立てて離れていく。

同時に地塩の先端から勢いよく精液が飛び出す。

「あ……っ」

ぴしゃりと顔にかけられて、由多佳は驚いて目を見開いた。熱い精液がとろりと頬を伝う。

「……悪い」

地塩が焦ったように自分のTシャツの裾を引っ張り、由多佳の顔をごしごしと拭う。

自分がフェラチオをしてしまったということを今更ながら自覚し、由多佳は床にぺたんと座り込んだまま呆然とされるがままになる。

「……ったく、無理すんなって言ってんのに」

セリフとは裏腹に、地塩の声には照れが滲み出していた。見上げると、嬉しさを堪えるようにわざとしかめ面をしている。

大人びた彼に年相応の少年らしさが垣間見え、それがひどく愛おしくて……由多佳は無意識に地塩の手に自分の手を重ねた。

「先生……」

二人の視線が絡み合い、地塩が体を屈める。

地塩のキスを、由多佳は拒まなかった。熱い唇を押しつけられ、うっすらと唇を開けて地塩の舌を迎え入れる。

地塩に舌を絡められ、由多佳もおずおずと応えた。口腔内を隈なく舐められて、くすぐったさとじんわりとした快感が込み上げてくる。

(気持ちいい……)

地塩に抱き締められ、由多佳はうっとりと身を委《ゆだ》ねた。

長い長いキスは、廊下に誰かの足音と話し声が聞こえてくるまで続いた。

地塩と連れ立って駐車場へ向かう途中、由多佳のポケットの中で携帯メールの着信音が鳴った。

（誰だろ？）

取り出して開くと、真子人からだった。真子人は以前は頻繁《ひんぱん》にメールを送ってきていたのだが、屋敷に閉じ込められてからはかなり減った。椋代は電話やメールを禁じているわけではないが、どうやら真子人が外部と連絡を取ることにいい顔をしないらしい。

歩きながらボタンを操作して、由多佳はメールを読んだ。

『今日の新聞見た？　俺さっき椋代さんの目を盗んで朝刊見たんだけど、スナミって人逮捕されたみたい。なのに椋代さん何も言わない。逮捕されたんならもう俺たちここにいる必要ないよな？』

珍しく絵文字が一つも入っていないメールを読みながら、由多佳の顔が曇ってゆく。

角南が逮捕されたのなら椋代の耳に入っているはずだ。当然地塩も知っているだろう。どうして椋代も地塩も、そのことを隠しているのだろう……。

「どうかしたか？」

地塩に顔を覗き込まれ、由多佳は慌てて携帯をぱちんと閉じた。

「あの、ちょっと図書館寄っていい？　借りたい本があるから」

「ああ」

由多佳の言葉を疑う様子もなく、地塩は頷いた。

慶明大学の付属図書館は、入り口で学生証と一体になったＩＤカードをスキャンしてゲートをくぐるようになっている。在校生と教職員以外の利用は制限されており、中に入るにはカウンターで申し込み手続きをしなくてはならない。

「在校生以外は入れないから、ここで待ってて。すぐ戻るから」

ゲート前で地塩に言うと、地塩は不満そうに唇を尖らせた。

本当はカウンターで身分証明書を提示して手続きすれば入れるのだが、今は一人で行動したい。由多佳は素早く学生証をスキャンしてゲートをくぐった。

「……しょうがねえな。十分……いや、五分以内に戻ってこいよ」

先ほどいい雰囲気になったせいか、地塩はそれ以上はごねなかった。以前ならゲートを突破してでもついてきただろうが、気持ちに余裕ができたのだろう。

地塩の言葉に軽く頷き、由多佳はまっすぐに新聞閲覧《えつらん》コーナーに向かった。手近にあった朝刊を閲覧台の上に置き、急いでめくる。

(あった、これだ)

社会面の片隅にその記事はあった。見出しには『拳銃所持の男を逮捕』とある。

『福岡県警は×日、銃刀法違反容疑で元暴力団員、角南弘《ひろし》容疑者(三十八)を逮捕したと発表した。容疑は無許可で拳銃を所持したとされる。角南容疑者は先月×日の東京都内の住宅街での発砲事件とも関わりがあると見られ、警察で調べを進めている』

(間違いない……角南って人は逮捕されたんだ)

逮捕は一昨日だ。椋代が知らないはずはない。由多佳の胸のうちに、不信感がむくむくと涌き起こる。

(なんで今朝教えてくれなかったんだろう……椋代さんにしてみれば、僕と真子人をあの屋敷に閉じ込めておいたってなんの得にもならないだろうに……)

考えられるのはただ一つ。地塩が由多佳を手放したがらないからだ。

地塩も自分に恋愛感情を抱いていてくれて、それゆえに独占欲も持っていることはわかっている。自分の気持ちに気づいた今、それを嬉しく思っていたが……地塩が嘘をついてまで自分を閉じ込めようとしているのだとしたら、見過ごすことはできない。

新聞を戻し、由多佳は急いでトイレへ向かった。図書館内は携帯電話使用禁止なので、隠れて携帯電話を使用するにはトイレの個室にこもるしかない。

幸いトイレには誰もいなかった。個室のドアにもたれて、由多佳は真子人に電話をかけた。

『兄ちゃん?』

「ああ、メール読んだ。今大学に来てるんだ。新聞も見た」

声を潜め、早口で告げる。

「僕も椋代さんからまだ逮捕のこと聞いてないんだ」

『やっぱり俺たちに隠してるのか。どういうつもりだよ……』

誰かがトイレに入ってくる足音がしたので、由多佳は更に声を潜めて囁いた。

「真子人、この件はまだ椋代さんには黙っておいて。僕が折を見て話してみるから」

帰りたいと言ったら、地塩はきっと反対する。地塩に知られないように、椋代と話をつけたほうがよさそうだ。

『……わかった。兄ちゃんがそう言うなら……』

「じゃあもう切るよ」

『あ、そういえばさ、地塩の見合い話のこと、聞いた?』

「……え……っ」

見合いという言葉に、由多佳は冷水を浴びせられたような衝撃を受けた。

『椋代さんが来月見合いさせるとか言ってたよ。それまでにスナミって人の件を片づけたいみたい。だったらさっさと俺たちを解放してくれればいいのにさあ』

(地塩くんが……お見合い……)

心臓がずきんと痛む。

地塩は龍門家の一人息子だ。跡継ぎとして、そういう話があってもおかしくはない。

『それにしても高校生が見合いとか、普通考えられないよなあ。相手は年上らしいけど』

真子人の声が耳鳴りのように頭に響く。それ以上聞きたくなくて、由多佳は「もう切るね」とだけ言って携帯の電源を切った。

先ほど教室でキスを交わしたときの熱い気持ちが、一気に冷えてゆく。

（……どうしてお見合いの話、僕に隠してるんだろう）

地塩が自分のことを好きでいてくれている気持ちに嘘はない、と思う。

けれど地塩の〝好き〟と由多佳の〝好き〟は同じとは限らないのだ。

世の中には同時に複数の人を愛することができる人や、結婚していても配偶者以外と関係を持つ人もいる。それについてとやかく言う気はないが、自分は絶対に無理だし、好きな人にもそうあって欲しくない。

（地塩くん……いったいどういうつもりなんだろう……）

地塩はこの先、自分を愛人のように扱うつもりなのだろうか。嘘をついて軟禁するなんて、対等な関係の恋人同士になろうとしているようには思えない。

非常事態が発生してやむを得ず地塩の屋敷に閉じ込められてしまったが、その原因が解消したあとも閉じ込められ続け、愛人扱いされるなんて、由多佳にとっては耐え難いことだ。

（こんな関係は、僕にとっても地塩くんにとってもいいはずがない）

自分はあの屋敷を出てアパートに帰ったほうがいい。これ以上地塩と関わり続けていると、辛い思いをすることになる。

一緒にいるうちに、きっともっと好きになってしまうから……。

（今ならまだ傷が浅くて済む）

俯いて、由多佳はぎゅっと拳を握り締めた。

◇◇◇

座敷牢の布団の中で、由多佳はまんじりともせずに今日のことを考えていた。

地塩が見せた子供っぽい独占欲、熱っぽい眼差し、教室でのキス……。

甘い回想を断ち切るように、図書館で見た新聞記事や真子人の言葉が脳裏に甦る。

(……恋愛って、お互いの気持ちが通じ合えばそれでハッピーエンドなんだと思ってた)

地塩とは確かに気持ちが通じ合ったのに、込み上げてくるのは不安な気持ちばかりだ。

屋敷に帰ってから、由多佳は椋代に角南の件を尋ねようと思っていた。しかしいざ本人を目の前にすると、なんと切り出していいかわからずに機会を逃してしまった。

(僕はきっと、椋代さんから本当のことを聞くのが怖いんだ……)

結論を先延ばしにしたくて、由多佳は「今夜一晩よく考えてからにしよう」と自分に言い聞かせた。

――離れの扉が静かに開く音がする。

(来た)

十分ほど前に石岡が姿を消したので、多分来るだろうと思っていた。寝返りを打って背を向け、布団の中できゅっと身を縮める。

座敷牢の格子戸が開き、いつものように地塩がずかずかと無遠慮に入ってきた。

「先生」

掛け布団をめくり、地塩が滑り込んでくる。

「……っ」

背後から抱き締められ、由多佳は敢《あ》えて抵抗せずに身を硬くした。

由多佳の項《うなじ》にむしゃぶりつくようにキスしていた地塩が、いつもと様子が違うことに気づいて顔を上げる。

「先生……？」

布団に仰向けに転がされ、顔を覗き込まれる。

「……風邪気味でしんどいんだ」

視線を逸らし、由多佳は小さく呟いた。体調が悪いと言えば、今の地塩は無理強《じ》いをしないだろう。

いや、もしかしたら今までもそうだったのかもしれない。やり方は強引で自分勝手だったが、地塩はいつも由多佳の体を気遣ってくれていた。地塩の腕力なら由多佳を無理やり犯すことなど簡単だろうが、それをしないのは大事にされていたからなのだと今日気づいた。

「大丈夫か？」

地塩の大きな手のひらが、そっと額に宛がわれる。官能を煽るときの手つきとは全然違う、優しくて穏やかな感触だった。

「ん……熱はないんだけど」

「風邪薬持ってくる」

地塩が立ち上がりかけたので、由多佳は慌てて止めた。

「いや、いいよ。夕食のあとに薬もらって飲んだから」

心配してくれている地塩に嘘をつくのは良心が痛んだ。

けれど、もうこれ以上地塩と深い関係になってはいけないのだ……。

「……わかった。今日はなんもしない」

地塩がごろりと仰向けになり、由多佳の肩を抱き寄せて腕枕をする。

前にも「何もしない」と言いつつ体を触られたことがあるので由多佳は警戒したが、地塩はただ由多佳を抱いたままじっとしていた。

「……風邪移るよ?」

「かまわねえよ」

「だけど……」

地塩の腕枕から逃れようと身じろぎすると、更に強く抱き寄せられてしまった。

「もうちょっとここにいてもいいだろ」

地塩が駄々をこねるように言う。甘えるように頰ずりされて、由多佳はくすぐったさに首を竦めた。

（うわ……なんだろうこれ……）

　官能とは少し違う、甘い疼きが胸を締めつける。ただ抱き締められているだけなのに、胸がどきどきして止まらない。

　地塩のことが可愛くて愛おしくて、もっと甘えて欲しいと思ってしまう……。

「なあ、先生は大学卒業したらどうすんの？」

「え……？　ええと、小学校の教師になりたいから採用試験受けるつもりだけど……」

「ふうん……小学校の先生か。先生らしいな」

　耳を地塩の胸に当てるようにして抱かれているので、地塩の声が直に伝わってくる。体をぴったりと密着させて話すのが、こんなに心地いいなんて知らなかった。

「……地塩くんは？」

「俺は親父の仕事手伝う。いずれは会社継いで、今よりもっとでっかくするんだ」

　地塩の言葉には迷いがなく、揺るぎのない自信に満ちていた。

「ほんとは組解散したときに高校中退して仕事手伝うつもりだったんだけど、親父が高校くらい出ておけっつってちょっと喧嘩になってよ……。俺が停学になるちょい前に、親父と宏美さんが海外に行っちまったから、その隙に退学しようと思ってたんだけど」

「高校、あと少しじゃない。今辞めるのもったいないよ」

「先生」

地塩が上体を起こし、由多佳の顔を覗き込む。

「俺が高校ちゃんと卒業できるように、これからも家庭教師してくれよな」

「………」

なんと返事していいかわからず、由多佳は黙って小さく頷いた。本当は断るべきだとわかっているけれど……。

「……親父はさ、龍昇会の二代目で、どっからどう見てもヤクザなんだ。そんな親父が組解散するって言い出したときは、ヤクザが今更真っ当になれるはずねえと思った。だいいち真っ当な生き方ってもんが俺にはわからなかった。物心ついたときからずっと龍昇会の跡取りとして育てられてきたからよ……」

地塩が自分からこういう話をしてくれたのは初めてだ。由多佳も布団の上に起き上がり、居住まいを正す。

「……お父さんは、どうして組を解散しようと思ったの？」

「宏美さん、つーのが親父の後妻なんだけど、俺のお袋は俺が小さい頃に離婚して出て行って、その後宏美さんがうちに来て内縁の妻みたいな感じでずっと一緒にいたんだけど、一年前にようやく籍入れることになってよ」

布団の上で向かい合い、由多佳は地塩の話に聞き入った。

「親父は、宏美さんのために世間から後ろ指さされないように生きるって決めたって言ってた。当時は正直よくわからなかったけど、今ならわかる」

地塩の瞳が、まっすぐに由多佳を見つめる。

「俺、あんたが一緒にいてくれたら真っ当に生きていけると思う」

「……っ」

胸がどくんと高鳴る。心臓を鷲掴《わしづか》みにされた気がして、思わず由多佳は胸を押さえた。

声もなく地塩の顔をまじまじと見つめると、地塩が少し照れくさそうに口元に笑みを浮かべる。

手のひらの下で、心臓がやかましいほど鳴っている。

胸が疼くような切なさは、体の芯が疼くような官能よりもたちが悪い。

(どうしよう……すごく嬉しい……でも……)

真っ当に生きるのなら、男の自分と一緒にいるよりも女性と結婚したほうがいい。そのほうが、きっと地塩も幸せになれる。

人を本当に好きになったら、自分がその相手と幸せになりたいという気持ちよりも、相手の幸せを願う気持ちのほうが強いのだということを由多佳は初めて知った。

(僕にできるのは家庭教師までだ……)

由多佳の紅茶色の瞳が、切なく揺れる。

「先生……」

熱っぽく囁き、地塩が由多佳に覆い被さるようにして強く抱き締める。

二人の熱い体が密着し、もつれ合うようにして布団の上に倒れ込む。

「……やべえ。キスしたい。だけどキスしたら止まらなくなりそう……」

地塩の心臓も、由多佳と同じくらいどきどきしていた。それがたまらなく愛おしい。

……キスして欲しい。

だけどそれを口にしてはいけない……。

「……………」

黙って、由多佳は地塩の背中にそっと手を回した。


「兄ちゃん、兄ちゃん……！」

夜半に由多佳は真子人の声ではっと目が覚めた。掛け布団を跳ね上げるようにして飛び起きる。

(地塩くんは……帰ったのか)

地塩に抱き締められながらうとうとし、いつの間にか眠ってしまったらしい。

「真子人……？」

真子人に呼ばれた気がしたが、夢だったのだろうかと辺りを見回す。

「兄ちゃん！」

暗闇の中、確かに真子人の押し殺した声がした。

「真子人？　どうやってここへ？」

畳の上を這って、座敷牢の格子戸ににじり寄る。暗闇に目が慣れてくると、格子戸の前にジャージ姿の真子人がいるのがわかった。

「椋代さんの目を盗んでここの鍵取ってきたんだ。兄ちゃん、逃げよう」

真子人が慎重な手つきで鍵を南京錠に差し込む。

「ええっ!?」

「しっ！　石岡さんは母屋にいるけど、戻ってくるかもしれないから静かに」

南京錠が外れ、鎖がじゃらっと音を立てる。真子人が慌てて鎖を手で押さえ、音がしないようにそっと外した。

格子戸が開き、由多佳は戸惑ってその場に固まってしまった。

「だけど……勝手に外に出るのは……」

「何言ってるんだよ！　角南って男はもう捕まったんだし、俺たちもうここにいる理由ないじゃん。なのに椋代さんは角南が捕まったことを俺たちに隠してる。このままずっと閉じ込められっぱなしにされたらどうするんだよ！」

真子人に叱咤《しった》され、由多佳は迷った。

「兄ちゃんは地塩に懐かれてほだされてるみたいだけど、よく考えてみてよ。あいつは兄ちゃんを一方的にこんな牢屋みたいなとこに閉じ込めたんだよ？　そういうのおかしいと思わないの？」

「それは……」

真子人の言うとおりだと思う。しかし理屈ではどうにもならない感情に囚われて、由多佳は開いた格子戸の前で立ち尽くした。

なかなか動かない由多佳に苛立ったように、真子人が座敷牢の中に入って由多佳の腕を引っ張る。

「兄ちゃん、帰ろう。このチャンス逃したら次はいつ脱走できるかわかんないし」

真子人が由多佳の目を見て語りかけ、簞笥《たんす》の中から厚手のカーディガンを探し出して由多佳の肩に羽織らせる。

肩を覆った温かな感触が、地塩に背後から抱き締められたときの熱を思い起こさせ……由多佳はぶるっと背中を震わせた。

（……地塩くんとは離れたほうがいいんだ。地塩くんにとっても、僕にとっても）

未練を断ち切るように、由多佳は自ら足を踏み出して格子戸をくぐった。

足音を忍ばせて離れの戸口を出ると、真子人がどこからか調達してきたスニーカーが用意してあった。暗闇の中、足音を立てないように庭を横切る。由多佳にはいまだに屋敷の全体像が把握できていないが、真子人は迷いなく由多佳を誘導した。

植え込みに隠れるようにして二人がたどり着いたのは、どうやら裏口らしい場所だった。正面の門よりも二回りほど小さいが、それでもなかなか立派な門構えだ。

真子人が慎重な手つきで内鍵を外し、扉を押す。

「あれ……？　開かない」

首を傾げて押したり引いたりしてみるが、頑丈な扉はびくともしなかった。

「もしかしたらもう一箇所別の鍵がついてるのかも」

暗がりの中、由多佳もしゃがんで扉の下の辺りを手探りで触ってみる。扉の縁に沿って手を滑らせてみるが、他には鍵はついていなさそうだった。

「おかしいな……なんで開かないんだろう」

もう一度内鍵の部分に顔を近づけ、由多佳はあっと声を上げた。

「ここ、内側から開けるのにも暗証番号がいるんだ……！」

内鍵の下に、タッチパネルが取りつけられていた。前に椋代が正面の門を開ける際に素早く暗証番号を押していたことを思い出す。

「ええっ、そうなの⁉」

真子人も手探りでタッチパネルに触れ、二人で顔を見合わせる。

「どうしよう……塀乗り越える?」

「でも……監視カメラついてるし……」

扉の上部を見上げ、由多佳ははっとした。監視カメラが音も立てずに角度を変え、由多佳と真子人をしっかりと捕らえている。

外灯の明かりを受けて、カメラのレンズが威圧するように光を放つ。

——この屋敷からは逃げられない。

そう理解して、由多佳は脚の力が抜けていくのを感じた。

背後から玉砂利を踏みしめる足音が聞こえてきたときには、恐怖感よりも諦めに似た気持ちが込み上げてきて……。

「……まったく。勝手に外に出てはいけないと言ったでしょう」

椋代の声は、怒りというよりは呆れたような響きだった。振り向くと、紺の浴衣に丹前《たんぜん》を羽織って腕を組み、由多佳と真子人を見下ろしている。

「だって、いつまで経っても閉じ込められっぱなしなんだもん! 角南って奴はもう捕まったんだろ!? アパートに帰らせてくれたっていいじゃん!」

真子人が臆病なお座敷犬のように過剰《かじょう》に吠《ほ》え立てる。

「まだ捕まってませんよ」

「嘘つけ! 俺ちゃんと新聞で見たんだぞ!」

「ああ……あれを見たんですか。なるほど」

椋代がさして驚いたふうもなく淡々と頷いた。

「しかし鍵を盗んで勝手に出て行くのは感心しませんね」

椋代がつかつかと歩み寄り、真子人が由多佳を庇うように立ちはだかる。

気丈に睨みつける真子人を、椋代が面白そうに口元に笑みを浮かべて見下ろした。

「うわあああっ！」

いきなり椋代に肩に担ぎ上げられ、真子人がじたばたと暴れる。

「夜中に外で騒ぐと近所迷惑です。とにかく一旦家に戻りましょう」

青ざめ、その直後に真っ赤になった真子人とは対照的に、椋代は顔色一つ変えずに淡々としていた。

「先生もお部屋にお戻り下さい。場所はわかりますか？」

呆然と二人のやり取りを見ていた由多佳は、はっと我に返ってこくりと頷いた。

「お、下ろせーっ！　下ろせってば！」

暴れる真子人を両手で押さえ、椋代が踵《きびす》を返す。

「あ、あの、椋代さん……っ」

逃げようとした真子人が椋代に罰せられるのではと不安になり、由多佳は小走りに椋代を追った。

「弟さんのことは心配なさらなくて大丈夫です。手こずらされるのはいつものことですから。今後については明日改めて話し合いましょう」

椋代が由多佳を見下ろし、安心させるように唇の端に笑みを浮かべた。椋代の目に怒りの色はまったくない。

椋代にとっては、二人の無計画な逃亡騒動など取るに足らないことなのかもしれない。絶対に屋敷の外に逃がさないという自信があるのだろう。

「兄ちゃあーん！」

さっきまでの虚勢はどこへやら、真子人が涙目で情けない声を出す。

椋代のことは心から信用しているわけではないが……真子人に対しては手加減してくれているようだし、ここは下手に出たほうがよさそうだ。

「真子人……椋代さんの言うこと聞いて、今日は大人しくしてなさい。椋代さん、申しわけありませんが真子人をよろしくお願いします……」

由多佳は律儀に椋代の後ろ姿に頭を下げた。二人が屋敷の中へ入るのを見届けて、ふうっとため息をつく。

（逃げられない……か）

椋代は、角南はまだ捕まっていないと言っていた。あれはどういうことだろう。

（まあ明日話し合いの席を設けてくれるようだから……）

ただじっとしているよりも、進展はあったと言えるだろう。座敷牢に戻って寝直すことにして、由多佳は元来た道のほうへ振り返った。

「――――！」

十メートルほど離れた場所に、人影がある。

ぎくりとして、由多佳はその人物の顔を確かめようと目を凝《こ》らした。

（地塩くん……！）

浴衣姿で由多佳を睨みつけているのは地塩だった。雲間から月が現れ、鬼のような形相を照らし出す。

（う……すごい怒ってる……）

地塩が発する怒りのオーラに怯え、由多佳は後ずさった。

いつからそこにいたのかわからないが、怒っているということは由多佳と真子人が逃亡を試みたことは知っているのだろう。

「……俺から逃げるつもりだったのか」

由多佳を見据え、地塩が低く抑揚のない声で問う。

「………」

その問いに、由多佳は答えることができなかった。俯いて、無意識に浴衣の襟元をぎゅっと握り締める。

「……昨日大学から帰ったあと、先生の弟に言われた。先生は俺の我が侭《まま》にうんざりしてる、逆らうと怖いから言いなりになってるだけだとな」

――――違う。それは誤解だ。地塩の我が侭にうんざりしているわけではない。

「ち、地塩くん、僕は……っ」

顔を上げ、慌てて誤解を解こうとするが、地塩に遮られる。

「俺は違うと思ってた。だからなんと言われても気にしなかった。最初はそうだったんだろうけど、今は先生も俺と同じ気持ちだと思ってたから……」

地塩の顔が苦しげに歪む。

僕も同じ気持ちだよ……と言いかけて、由多佳は口を噤《つぐ》んだ。

……それを言ってどうなるのだろう。男同士で好き合っていてもどうにもならないし、地塩はまだ高校生だ。地塩の将来のために、年上の自分が身を引かなくてはならない。

黙っている由多佳に焦《じ》れたのか、地塩が大股で近づいてきて由多佳の腕を掴む。

「いた……っ！」

指の痕がつきそうなくらいにぎゅうっと掴まれて、由多佳は顔をしかめた。

「え、ち、ちょっと……っ」

突然足元がふわりと宙に上がり、由多佳は驚いて地塩の浴衣にしがみついた。自分が地塩に横抱きに抱き上げられたのだと気づき、地塩から逃れようともがく。

「お、下ろして！」

地塩の腕の中で釣り上げられた魚のようにぴちぴちと暴れるが、地塩の頑丈な体はびくともしなかった。

地塩は由多佳を抱いたまま中庭へ入り、開けっ放しになっている雨戸から廊下に上がる。

屋敷の中で騒いだら椋代や他の社員たちに見つかってしまう。それはまずいような気がして、由多佳は息を殺して手足を縮こまらせた。

入り組んだ廊下をしばらく歩き、やがて見慣れない階段にたどり着く。二階に上がるのは初めてだ。二階の廊下は短く、部屋も二間ほどしかないようだった。多分ここは地塩専用のエリアなのだろう。

手前の部屋の障子を、地塩が足で乱暴に開けた。暗くてよく見えないが、十畳ほどの広い座敷のようだ。掛け軸のかかった床の間があり、部屋の中央に座卓があるのがわかる。

もう一度、地塩が龍の絵が描かれた襖を足で開ける。

「……っ！」

和紙の行灯《あんどん》風のランプが、柔らかな明かりを灯《とも》している。畳には布団が敷かれ、乱れた掛け布団に先ほどまで地塩がここで寝ていたらしいことが窺える。

地塩の寝室に連れてこられたことに動揺し、由多佳は再びもがいた。

しかし抗《あらが》う間もなく布団の上にどさりと降ろされ、更に上からのしかかられてしまう。

「俺が怖いか」

由多佳の両手首をがっちりと布団に押さえつけ、地塩が問いかける。

「……っ」

真上から鋭い双眸に睨みつけられ、由多佳は声もなく震えた。

――今の地塩は怒っているから怖い。

地塩のことを怖いと思ったのはずいぶん久しぶりだと気づく。

最初は怖かった。だけど、一緒に過ごすうちに怖いとは思わなくなり、そのうち愛しいと思い始め……。

由多佳が返事をしないのを肯定と受け取ったのか、地塩が自嘲《じちょう》的な笑みを浮かべる。

「そうだよなあ。いくら足洗ったっていっても、ヤクザはヤクザだからな」

「……ち、違……っ、そうじゃなくて……っ」

地塩が元ヤクザの息子だから怖がっているわけではない。そう言いたいのだが、舌がもつれて言葉が出てこない。

「言いわけはいらねえ！」

地塩が苛立ちを露わに吐き捨て、むしゃぶりつくように唇で由多佳の唇を覆う。

乱暴に舌を突っ込まれ、由多佳は息苦しさに顔を背けて逃れようとした。

（……！）

地塩の大きな手が由多佳のほっそりした顎を強く摑む。無理やり口をこじ開けられ、地塩の舌が由多佳の口の中を犯す。

初めてのキスも無理やりだったが、こんなに酷《ひど》くはなかった。大学の教室で交わした甘いキスを思い出し、胸が締めつけられるように痛くなる。

(こんなの嫌だ……！)

涙がぽろぽろ溢れて止まらない。

由多佳の口腔内を蹂躙《じゅうりん》しながら、地塩が浴衣の襟元を乱暴にはだけさせる。滑らかで平らな胸を、性急な手つきでまさぐる。

(あ……っ)

地塩のざらついた手のひらに、胸の肉粒が引っかかった。弾力のある肉粒の感触が面白いのか、地塩がそこばかり何度も手のひらで撫でる。

「っ！」

左の乳首を強く摘まれて、由多佳の体がびくんと跳ね上がった。

痛さのせいではない。体の芯に官能の電流がびりびりと走ったのだ。

足の指まで引きつるような快感に、由多佳は狼狽《ろうばい》した。こんなふうに無理やりされるのは嫌なのに、はしたない体は地塩の手が与える刺激に悦んでいる。

「ん、い、いや……ああっ！」

ようやく執拗《しつよう》な口づけから解放された由多佳の唇が、言葉とは裏腹に甘い喘ぎを漏らす。

両方の乳首を親指と人差し指でぎゅうっと引っ張るようにつねられて、由多佳の体は嫌がるどころか燃えるように熱くなり……。

「嫌だとか言いながらしっかり勃ってるじゃねえか」

地塩の言葉に、かあっと顔が赤くなる。いつの間にか、由多佳のペニスは下着の中で完全に勃起していた。可愛らしいサイズの勃起が、白いボクサーブリーフの前を懸命に押し上げている。

地塩に両乳首を引っ張られ、下着の前を膨らませている自分が恥ずかしい。

「ひゃああんっ!」

乳首を引っ張っていた地塩が、いきなりぐいと親指の腹で押し潰す。肉粒が胸にめり込むほどに強く押され、由多佳は内股を擦り合わせるようにして身悶えた。

「いやらしい体だな。乳首押したらここが濡れたぞ」

「やっ、ああっ!」

下着の上から先端を撫でられ、由多佳はぎゅっと脚を閉じた。地塩が撫でた部分が、じわっと先走りで濡れて下着に染みを作るのがわかる。

「やだ、やめて!」

下着をずり下ろされそうになり、由多佳は必死で暴れた。

昼間気持ちが通じ合ったときの地塩と全然違う。今の地塩は自分が逃げようとしたことに怒っている。キスされるのも体を触られるのも、お仕置きのようにされるのは怖い。

暴れる由多佳に手を焼いた地塩が、解けかかっていた由多佳の浴衣の帯を掴んで引っ張り、由多佳の両手首にぐるぐると巻きつけて縛《しば》った。

「いや……っ！　解いて！　ああ……っ！」

下着の中に手を入れられ、ペニスを直に握られる。地塩には何度も触られているが、いつになく強く握られて由多佳は顔をしかめた。

「や、い、痛いっ！」

地塩が由多佳のペニスをいじめるように、わざと乱暴に扱く。その痛みに、地塩が今まで初心者の自分にかなり手加減してくれていたのだと思い知る。

「俺、前に言ったよな。あんたを俺のもんにするって」

地塩が独り言のように呟く。

「あんたがその気になるまで待つつもりだったけど、もう待たない」

由多佳の下着を乱暴に毟《むし》り取り、地塩が自らの浴衣を脱ぎ捨てる。

（うわ……っ）

ランプの明かりに、地塩の逞しい体が浮かび上がる。地塩も完全に勃起していた。下着から半分以上はみ出し、大きな亀頭を先走りで濡らしている。

地塩が下着をずり下ろし、勃起がぶるんと反り返る。内股や唇で味わったその太くて硬い質感をまざまざと思い出し……由多佳はかあっと頬を染めた。

地塩が太い茎を握り、先端を由多佳へ向ける。亀頭の割れ目から透明な液体がとろりと滴るのがはっきりと見えた。

足首を摑まれて脚を大きく広げさせられる。膝が胸につくほど深々と折り曲げられ、尻が布団から浮く。

その体勢に地塩が何をしようとしているのか理解し、由多佳は必死でもがいた。

「ひゃ……っ、や、やめて……！」

涙を浮かべて懇願するが、地塩はやめてくれなかった。無防備な肛門に、地塩の大きな亀頭がぐいと押し当てられる。

「いたあい！」

固く閉じた蕾《つぼみ》を太くて熱いもので無理やりこじ開けられそうになり、あまりの痛さに由多佳は子供のように泣き叫んだ。

これまで何度か地塩と性的な接触をしてきたので、由多佳もまったくセックスを想像していなかったわけではない。しかし馴《な》らしもせずにいきなり突っ込もうとするなんて酷すぎる。

「……う、うう……っ」

嗚咽《おえつ》を漏らしながら、由多佳ははらはらと涙を零した。

「……泣くな。無理やり突っ込んだりしねえよ。ちょっとだけ我慢しろ」

地塩が上体を屈めて泣きじゃくる由多佳の目元に口づける。

そして自身の先端を浅く由多佳に含ませたまま、茎の部分を扱き始めた。

「や、な、何⁉　あ、あああっ！」

突然熱い液体で中を濡らされ、由多佳は驚いて目を見開いた。

地塩が由多佳の中に射精したのだ。浅く含まされた亀頭が熱い精液を噴き出し、由多佳の固く閉じた蕾の内部にどくどくと流れ込む。

(地塩くんのが……中に……っ)

内側の粘膜が灼けるように熱い。地塩の精液を注がれて、恐怖で固く閉じていた蕾が官能に綻《ほころ》ぶ。

「あ……っ」

地塩が一旦ペニスを抜き、小さな蕾から熱い液体がとろりと溢れる。

精液を零すまいとするようにきゅうっと収縮した肛門に、今度は指が押し入ってきた。たっぷりと濡らされた蕾が、地塩の中指で掻き回されてくちゅくちゅといやらしい音を立てる。

「あんたのここ、すげえ……。指に絡みついてくる……」

「あ、い、いや……っ」

「嫌がってねえじゃん」

地塩の言うとおりだ。官能に目覚めた体は、地塩の指を悦んで受け入れ、あさましくうごめいている。

　――自分は地塩とこういう関係になりたいと望んでいた。

　しかし離れようと決意した今、体を繋げてしまったらますます離れ難くなってしまう……。

「絶対に逃がさねえ……ずっと座敷牢に閉じ込めてやる……」

　指の腹で中の粘膜をまさぐりながら、地塩が苦々しげに呟く。

「……ああっ！」

　地塩の指が内側の粘膜のある部分に触れ、突然訪れた未知の感覚に由多佳の体はびくんと跳ねた。

「ここか」

　由多佳の前立腺を探り当てた地塩が、もう一度確かめるようにそこを撫でる。

「ひゃんっ！　や……っ、そこ、だめ……っ」

　そこが前立腺だということを知らない由多佳は、初めて味わう総毛立つような快感に怯えて地塩の愛撫から逃れようと身じろいだ。

　ちゅぽんと音を立てて指が抜ける。ほっとしたのも束の間、地塩がいきり立った自身のペニスを握り、再び由多佳の濡れた肛門に押し当てる。

「もう俺なしじゃいられないようにしてやる」

「あああ……っ！」

濡れて柔らかくとろけた蕾に、太い亀頭がずぶりと突き入れられた。

先ほどのような痛みはもうない。それどころか、狭い場所に地塩の太いものが押し入ってくる感触が官能を掻き立てる。

地塩が低く唸り、更に腰を進める。大きく張り出した雁に入り口をいっぱいに広げられ……由多佳は甘い痛みと快感に脚をびくびくと引きつらせた。

「あ、あああんっ」

一番太い雁首《かりくび》を乗り越えると、あとは一気に入ってくる。精液のぬめりを借りて奥まで入ってきたペニスを、由多佳は無意識にきゅうっと締めつけた。

「あああっ、あ……っ！」

内側の粘膜が驚くほど敏感になっており、締めつけた地塩の太さや硬さが生々しく伝わってくる。

――好きな男の体を、自分の体の中に迎え入れている。

けれど心はすれ違ったままで、手首を縛られて地塩に抱きつくこともできない。

体は地塩を受け入れて確かに悦んでいるのに、涙がぽろぽろと溢れて止まらない。

「泣くんじゃねえよ」

さめざめと泣き出した由多佳に地塩が顔をしかめ……しかし無理に押し入るのをやめて腰を

引く。

「ひあ……っ！」

ペニスがずるりと後退する感触に、由多佳はびくんと背中を反らして叫んだ。

地塩の大きく張り出した雁が、中の精液を掻き出すように粘膜を擦ったのだ。

「あ、あっ、あ……っ」

雁が前立腺に当たり、全身が痙攣《けいれん》する。入れられたときよりも激しい反応だった。それは多分快感なのだろうが、初心者の由多佳には刺激が強すぎた。

「だ、だめ……っ、動いちゃ……っ、ああっ！」

無意識に中のペニスを食い締めてしまい、余計に生々しく地塩の形を感じてしまう。体の奥の未知の感覚を呼び覚まされそうな、恐怖と紙一重の快楽に身悶える。

「ああ、あ、あうう……っ」

全身の肌が上気し、潤んだ瞳の焦点が合わなくなり、開いた唇からは泣き声のような喘ぎが漏れる。

由多佳の乱れぶりに、地塩のほうが驚いたようだった。痛がっていると思ったのか、一気に由多佳の中からペニスを引き抜く。

「ああああっ!!」

淫猥《いんわい》な音を立てて地塩の亀頭が由多佳の中から出ていくと同時に、由多佳は射精した。

自分で射精したことがわからないくらい、急激な絶頂だった。

頭と体がふわふわした浮遊感に包まれてゆき、夢の中で泳いでいるような感覚に囚われる。

「あ…………」

(……気持ちいい……)

目を開けたまま、由多佳はうっとりと快感の余韻に浸った。

地塩が苦しげな表情で自分を見下ろしているのがわかる。

(おかしいな……地塩くんのほうが泣きそうな顔してる……)

手を伸ばして地塩の頬に触れたいのに、体が動かない。

(地塩くんごめん……僕は自分が傷つくのが怖いから君から逃げようとしているんだ……)

「先生……!」

――地塩に切なげな声で呼ばれたとき、由多佳は完全に意識をなくしていた。

7

――座敷は重苦しい空気に満ちていた。

椋代が苦虫を噛み潰したような顔をして腕を組み、地塩は上座で胡座をかいてそっぽを向いている。

由多佳は座卓を挟んで地塩の正面にちょこんと正座し、顔を上げることもできずに膝の上で何度も拳を握り直していた。

(真子人がいないのが幸いだ……)

三人だけの座敷は、誰も自分からは口を開こうとしないのでしんと静まり返っている。

今朝、乱暴に襖《ふすま》を開ける音にびっくりして目が覚めたとき、由多佳は一糸《いっし》まとわぬ姿で地塩に抱き締められて眠っていた。由多佳を後ろから抱き締めて眠っていた地塩も裸で……襖《ふすま》を開けた椋代が目にしたのは、寝乱れた布団で裸で絡み合って眠る地塩と由多佳だった。

『――坊ちゃん！』

椋代の声には、抑えきれない怒りが滲み出していた。

『……お二人とも服を着て、下の座敷においで下さい。今後のことを話し合いますので』

一拍置いて深呼吸し、色々言いたいであろうことを飲み込み、椋代はそれだけ言って寝室から出て行った。

地塩と初めてセックスをした朝は、慌ただしく過ぎてしまった。椋代に見つかって狼狽した由多佳とは対照的に、地塩は取り乱すことなく落ち着いているように見えたが……由多佳と目が合うとばつが悪そうに目を逸らし、黙ってジャージを身につけていた。

慌てて由多佳も浴衣を羽織って帯を締めたのだが、後ろから地塩が自分の丹前を着せかけてくれて……。

しかし振り向いて礼を言おうとしたときには地塩は既に背中を向けており、結局言葉を交わすことなく今に至る。

「角南の件ですが」

椋代が、重苦しい沈黙を破る。

「弟さんの言っていたとおり、確かに角南弘は福岡で逮捕されました。が、我々が追っているのは角南の兄貴のほうです」

「……お兄さん？」

驚いて、由多佳は顔を上げた。角南が兄弟だったとは思いも寄らなかった。

「ええ。兄の角南茂《しげる》が組の解散に反対し……まあ他にも色々あったんですが話すと長くなるので……結局破門という形でうちから出て行き、弟の弘と二、三人の元組員を連れて新たに組を興《おこ》し、新宿に事務所を構えたんです」

「そうなんですか……」

「で、肝心《かんじん》の兄貴ですが、福岡に潜伏《せんぷく》しているのは確かなんです。弟が捕まったのは知ってたんですが、弟のほうは兄に金魚の糞《ふん》みてえにくっついてるだけの雑魚《ざこ》ですから、我々もいちいち知らせる必要はないと思ってました。まさか真子人さんが新聞を見て気づくと思わなかったもんで」

「すみません……」

誤解して先走ってしまったことに、由多佳は恐縮した。

「いえ、私もきちんと話すべきでした。まあそれはさておき」

椋代が、地塩と由多佳を交互に見やる。地塩との関係を非難されるのだろうと思い、由多佳はびくびくと首を竦めた。

「………問題は先生のこれからです。角南が捕まるのは時間の問題だと思います。うちの者が福岡からの出入りを見張ってますし、奴も今わざわざ東京には戻ってこないと思います。百パーセント安全とは言い難いですが、先生がアパートに戻りたいとおっしゃるのであれば止めません」

椋代の突き放した言い方には、由多佳が地塩と関係を持ってしまったことへの非難が込められているように感じた。

それも当然だろう。地塩は近々見合いをすることになっている。この大きな家の跡取りとして、ふさわしい女性と結婚することが、地塩にとって一番いいことなのだ。

（地塩くんのお父さんだって、大事な跡取り息子が男とつき合うなんて反対するに決まってる）

俯いて、由多佳は拳を強く握り締めた。

「……真子人と一緒にアパートに帰りたいです」

喉の奥から絞り出すように、由多佳は呟いた。これが地塩と自分にとって最善の道なのだ。

「だめだ、帰さねえ！」

それまで黙っていた地塩が、座卓をばしんと叩いた。

「坊ちゃんは黙ってて下さい」

椋代がぎろりと地塩を睨みつける。しかし地塩は怯むことなく立ち上がり、大股で歩み寄って由多佳の腕を摑んだ。

「あんた、本気で言ってんのか」

地塩に詰問《きつもん》され、由多佳は目を泳がせた。本当のことなど言えるわけがない。

「………帰りたい」

目を逸らして、由多佳はもう一度繰り返した。

地塩が、由多佳の腕を摑む手にぐっと力を入れる。痛いほどに握り締められたが、由多佳は表情を変えずに耐えた。

「そうですね。私もそれが一番いいと思います」

　地塩が何か言おうと口を開きかけたが、椋代がそれを遮った。

「角南の件は数日のうちに私が責任持って片をつけます。念のため、お二人の近辺を遠巻きに護衛させていただきますが、どうぞお気になさらずに。先生には色々ご迷惑をおかけして申しわけありませんでした」

　椋代に深々と頭を下げられ、由多佳はただ黙って椋代の黒々とした髪を見つめた。

（……これでいいんだ）

　唇を噛み締めて、自分に言い聞かせる。

「ではさっそくアパートまでお送りしましょう。弟さんも呼んできます」

　由多佳の反応には構わず、椋代がさっと立ち上がって障子を開ける。

「おい、待てよ！」

　地塩も立ち上がるが、椋代は振り向きもせずに大股で廊下を歩いてゆく。

「地塩くん……！」

　椋代を追いかけようとした地塩を、由多佳は呼び止めた。座敷の入り口で、地塩が鴨居《かもい》に手をかけてゆっくりと振り返る。

　地塩の黒い瞳が、まっすぐに由多佳を捕らえる。少し眉を寄せて困ったような表情をしている彼が、愛おしくてたまらない。

「……僕は……もう君に振り回されたくないんだ。君と出会う前の静かな生活に戻りたい」

地塩から目を逸らし、由多佳は抑揚のない声で告げた。

嘘をつくのは辛い。けれど、互いの未練を断ち切らなくてはいけない。

「俺は必要ないってことか」

瞼《まぶた》を伏せて、由多佳はゆっくりと頷いた。

地塩の端整《たんせい》な顔が苦しげに歪み……息苦しいような沈黙に包まれる。

「お待たせしました。車の用意ができました」

廊下の向こうから椋代の声が聞こえて、由多佳ははっとして顔を上げた。

「…………さようなら」

小さく呟いて、素早く地塩の脇をすり抜ける。

地塩の顔を見ると別れるのが辛くなる。振り返らずに、由多佳は自らを鼓舞《こぶ》するように背筋を伸ばして廊下を歩いた。


「ただいまー！　あー、何日ぶりだっけ？」

スニーカーを脱ぎ捨てて、真子人が古びたアパートの玄関にばたんと倒れ込んだ。

由多佳も靴を脱ぎ、真子人を跨《また》いで久しぶりの我が家へ足を踏み入れる。

「……僕は十二日、真子人は十一日ぶりだね」

壁に貼ってあるカレンダーを見上げ、由多佳は呟いた。

「うわ、冷蔵庫開けるの怖いなー」

ごろりと転がって、真子人が顔をしかめる。その大袈裟な表情にくすりと笑いながら、由多佳はもう一度カレンダーに目をやった。

(十二日か……もっと長い間閉じ込められてた気がする)

最初は地塩の強引なやり方に腹を立てていたはずなのに、いつの間にか好きになってしまった。最後に見た地塩の切なげな顔が瞼にちらつき、由多佳は胸の前でぎゅっと手を握り締めた。

椋代が車でアパートまで送ってくれた際、地塩もついてくるかと思ったが、見送りにも出てこなかった。

(そのほうがいい……もう会うこともないのだから)

車の中で、椋代のほうから地塩の話を切り出した。

『先生のおかげで、坊ちゃんが高校に復学することになりました』

『そうですか……』

『今のところ進学はせずに家業を手伝うと言ってますが、社長も世間勉強のためにも大学に行ってはどうかと言ってるんです。大学に通いながらでも家業の手伝いはできますしね』

上の空で相槌《あいづち》を打っていた由多佳に、椋代がとどめを刺すように言った。

『真子人さんから聞いてらっしゃるかもしれませんが、坊ちゃんは近々お見合いをします。相手のお嬢さんは女子大に通っておられるかたでね。先方はたいそう乗り気で、坊ちゃんが高校を卒業したらすぐに祝言《しゅうげん》を挙げてもいいとおっしゃっているんですよ』

由多佳は返事をしなかった。いや、できなかった。ただ虚《うつ》ろな目で、窓の外の風景を見つめるしかなかった。

「兄ちゃん」

真子人が起き上がり、由多佳の背後に立つ。

「……あいつのことは早く忘れたほうがいいよ。兄ちゃんは、あいつに迫られてちょっとほだされただけなんだよ」

帰りの車中であまりにも悄然《しょうぜん》としていたので、真子人も薄々由多佳の気持ちに気づいたらしい。地塩と関係を持ったことまでは気づいていないようだが、由多佳と地塩の間にあった恋愛めいた空気はもう隠しようがなかった。

「……そうだね」

真子人を安心させるために、由多佳は敢えて反論せずに頷いた。

(違う。ほだされてたわけじゃない。最初はそうだったかもしれないけど、僕は地塩くんのことが……)

この想いは、胸の奥にそっとしまっておくことにする。

今は悲しくて淋しいけれど、そのうち忘れられる。

そう自分に言い聞かせて、由多佳はカレンダーから目を逸らした。

「あー、空気淀んでる。ちょっと寒いけど、窓開けて空気の入れ換えするよ」

真子人が殊更《ことさら》明るく言って、窓を次々開けていく。由多佳もベランダへの出入り口を開けて、サンダルを履いて手すりに寄りかかった。

（……あの車は……）

アパートの下、道路の脇に一台の車が停まっている。大学に連れて行ってもらったときに勇太が出してくれたワゴン車と似ている。

手すりから身を乗り出すようにして、由多佳は目を凝らした。暗がりに隠れるようにして停まっているが、あの黒いワゴン車に間違いない。

（そっか……しばらくは護衛してくれるって言ってたっけ）

多分勇太や石岡が交替で見張ってくれているのだろう。ワゴン車の中は見えないが、由多佳はぺこりと頭を下げた。

「兄ちゃん、何してるの？」

真子人が靴下のままベランダに出てきて、由多佳の肩に手を回す。

「ん？　なんでもない。冷えてきたからそろそろ閉めよう」

真子人を押すようにして中へ入り、由多佳はベランダの戸を閉めて鍵をかけた。

その晩、由多佳はなかなか寝つくことができなかった。

自分の部屋の馴染んだベッドに戻ることができたというのに、なぜか落ち着かなくて何度も寝返りを打った。ようやく浅い眠りに就いたが長くは続かず、二時間ほどで目覚めてしまった。

(まだ五時か……)

今日は一限の講義から出席するつもりだが、それでも起きるには早すぎる。しかしもう眠れそうにないので、思い切ってベッドを出ることにした。パジャマの上にカーディガンを羽織り、真子人を起こさないようにそっとドアを開ける。

キッチンの明かりを点け、コーヒーメーカーをセットする。ぼんやりとダイニングテーブルに頬杖をついて、由多佳はガラス製のポットにコーヒーが落ちていくのを見つめた。

(夕べの車……あれからずっといたのかな)

足音を忍ばせて、自分の部屋からベランダの戸を開ける。手すりに手をかけてそっと覗くと、車は夕べと同じ場所に停車していた。

(寝ずに見張りしてくれてたんだろうか……なんだか悪いな)

顔を引っ込めようとしたちょうどそのとき、停車しているワゴン車の向こうから車が一台走ってきた。

ヘッドライトの明かりに、ワゴン車の助手席が明々《あかあか》と照らし出される。

「……！」

――地塩だ。

上体を起こし、対向車の運転手を検分するように険しい表情をしている。まさか地塩が乗っていたとは思わなかった。

「……っ」

どくんと心臓が大きく脈打つ。夕べからずっと、彼はこんなに近くにいたのだ……。

対向車が通り過ぎ、再び辺りが暗くなる。慌てて由多佳は部屋に戻り、ベランダの戸を閉めた。

（地塩くん……）

その場にしゃがみ込み、どきどきする心臓を手で押さえる。

地塩が自ら護衛役を買って出てくれたのだろう。椋代はいい顔をしなかっただろうが、それでも押し切ってここにいてくれたのだ。

わざと突き放すようなことを言ったから、地塩はきっと怒っていると思っていた。なのにこうして近くにいてくれた。

鼻の奥がつんとして、じわっと涙が溢れてくる。慌てて由多佳は袖口で目の周りを拭った。

――嬉しい。だけどこんなことをされたら諦めがつかなくなる。

手足がすっかり冷える頃、由多佳はある決心をして立ち上がった。

「兄ちゃん……？　起きてんの？」

ダイニングに戻ってマグカップにコーヒーを注いでいると、真子人の部屋のドアが開いて寝ぼけ眼《まなこ》の真子人がのっそりと現れた。

「うん……なんかあんまり眠れなくて」

「俺も。夜中に何回も目が覚めた」

大あくびをしながら真子人もダイニングテーブルにつく。真子人のマグカップにもコーヒーを注いで差し出し、由多佳は先ほどから考えていたことを口にした。

「真子人、今日学校が終わったら、一緒に実家に帰らないか？」

「……え？」

両手を温めるようにカップを包み込んでいた真子人が、怪訝そうに顔を上げる。

「……夕べからずっと、アパートの外に見張りがいるんだ」

「え、それって角南とかいう奴？」

「違う違う、そうじゃなくて、椋代さんが念のためにしばらくの間僕たちに護衛をつけてくれてるんだよ。アパートの下にワゴン車が停まってる」

「ああ、そういうこと……え、夕べからずっと？」

　こくりと由多佳は頷いた。

「椋代さんの気持ちはありがたいんだけど、なんか申しわけなくて……夜は冷え込むし。このアパートは角南って人に知られてるけど、実家は知られてないと思うんだ。角南って人が捕まるまで実家に避難するのがいいと思うんだけど」

「向こうが勝手に護衛するって言ってるんだろ？　遠慮せず見張ってもらったらいいんじゃない？　俺たちさんざん迷惑かけられたんだしさあ」

　真子人が唇をへの字に曲げて不機嫌な顔になる。

「ん……まあ……そうなんだけど……」

　歯切れの悪い由多佳に、真子人がはっとした表情でカップをテーブルに置いた。

「……もしかして外のワゴン車、地塩が乗ってるの？」

「え？　あ……うん……」

　曖昧に頷き、由多佳は俯いた。真子人が苦々しげにため息をつく。

「そういうことかよ……まったく、あいつも諦め悪いな。よし、わかった。今日実家帰ろう」

「ごめん……」

「兄ちゃんが謝ることないって。何時に学校終わるの？」

「ええと……七時くらいかな。あの、実家に帰るって言うと椋代さんのことだから実家まで護衛つけるって言い出しそうだからさ、気づかれないように帰って、そこから椋代さんにもう護衛は必要ないって連絡すればいいかなと思ってるんだ」

「うん、そのほうがいいな。言ったらあいつ、きっと実家までついてくるもんなあ」

二人で打ち合わせをして、駅で待ち合わせをすることに決める。

(忘れるには距離を置いたほうがいい……僕にとっても地塩くんにとっても)

地塩を撒《ま》くのは気が引けるが仕方がない。たとえ言葉を交わさなくても、すぐ傍に地塩がいると思うと自分は平静ではいられない。

外のワゴン車に想いを馳《は》せつつ、由多佳は長い睫毛を伏せた。

8

授業を終えて、由多佳は足早に教室棟を後にした。

腕時計を見ながら、真子人との待ち合わせ場所までの所要時間を計算する。授業が少々長引いたが、急がなくても十分間に合いそうだ。

今朝アパートを出たとき、黒いワゴン車はまだ同じ場所に停まっていた。傍を通らなかったので誰が乗っていたかわからないが、最寄り駅までの道は特に誰かにつけられたという気配はなかった。

いつもどおり電車で登校し、予定どおり授業に出席した。その間ひょっとしたら地塩が近くにいるのでは……と思ったが、それらしい人影はなかった。昼休みに真子人に電話してみると、真子人のほうも特に誰かが護衛についている気配はなかったと言っていた。

(見張るのはアパートだけなのかな。だったらいいんだけど)

念のため真子人に持たされた野球帽を目深《まぶか》に被り、俯きがちに正門をくぐる。ここから最寄りの地下鉄駅まで徒歩で五分程度だ。

すっかり暗くなった道を、由多佳は早足で歩いた。背後の足音やらすれ違う人、傍を通り過ぎる車にいちいちびくびくしてしまう。

道の向こうに地下鉄の入り口が見えたときにはほっとして気が緩んだのか、危うく赤信号なのに横断歩道を渡りそうになってしまった。

(いけないいけない)

クラクションを鳴らされて慌てて後ずさり、信号が変わるのを待つ。ちょうどトートバッグの中で携帯電話が鳴り始め、由多佳はごそごそとバッグの中を探った。

「あっ」

摑み損ねた携帯が、アスファルトの地面にごとんと音を立てて落ちる。

――それを拾おうとして由多佳が身を屈めたのと、背後に忍び寄ってきた人物が由多佳に襲いかかったのがほぼ同時だった。

「――!?」

屈めた背中のすぐ上を、シュッと空気を切り裂くように何かが掠める。

驚いて前につんのめり、由多佳は地面にがくりと膝をついた。

(え?　な、なに……?)

トートバッグの中身が地面に派手に散らばる。

振り返ると、見知らぬ男が怖ろしい形相でナイフのようなものをかざしていて………。

――刺される。

そう理解したと同時に、何か強い力が由多佳の体を突き飛ばした。

「っ‼」

アスファルトに左半身をしたたか打ちつけて、由多佳は痛みに顔を歪めた。

足音、悲鳴、怒号。耳障りな音の洪水《こうずい》が押し寄せてくる。

(何が起こったんだ……？)

地面に転がったまま、由多佳は状況を把握しようと振り向いた。

現実感のない喧噪の中、大切な人が肩を押さえて蹲《うずくま》っているのが目に入り……由多佳は地面から飛び起きた。

「――――地塩くん！」

どうしてここに地塩がいるのだろう。

まだ事態が飲み込めなかったが、由多佳は地面を這うようにして地塩ににじり寄った。

「地塩くん！　血が、血が……！」

パーカーの肩がざっくり切れ、肩を押さえている手に真っ赤な血が流れている。青ざめて、由多佳は大声で叫んだ。

「きゅ、救急車……っ！　誰か！」

「たいしたことねえ！　それより角南を……っ」

地塩が歯を食いしばりながら怒鳴った。

「角南は捕らえました！　今救急車を呼びます！」

椋代が怒鳴り返す。ようやく由多佳は、何が起こったのか理解した。

(そうだ……信号待ちしてて、いきなり後ろから誰かにナイフで斬りかかられて……)

一瞬だけ目にした、あの見知らぬ男が角南だったのだ。

地塩が自分を庇って刺されたのだと知って、由多佳の顔から血の気が退いていく。

「ち……地塩く……っ」

堰《せき》を切ったように、涙がどっと溢れてきた。大丈夫かと問いたいのに、嗚咽で言葉が出てこない。

「……俺は大丈夫だから、泣くな」

地塩が苦痛に顔を歪めながら、由多佳を安心させるように無理に笑顔を作る。

(そうだ、止血……!)

泣いてばかりいられない。授業で習った応急救護処置を思い出し、由多佳は体を起こした。

「地塩くん、止血するから!」

地塩のパーカーを脱がせて患部を確かめる。傷口から、また新たな血が流れ出している。

地塩を地面に寝かせ、由多佳はポケットからタオルハンカチを取り出して傷口に当てた。その上から手のひらで押さえて止血する。

「申しわけありません。角南がこっちに戻ってきたことを把握するのが遅れました。あなたがたをアパートに帰すべきではなかった。私のミスです」

駆け寄ってきて由多佳の前に膝をついた椋代が、深々と頭を下げる。

しかし由多佳の耳には入っていなかった。今はそんなことはどうでもいい。一秒でも早く救急車が到着してくれることを願うばかりだ……。

ようやくサイレンの音が近づき、由多佳たちのいる場所のすぐ脇に停車する。

「怪我人はどこですか！」

救急隊員が叫ぶ。

「こちらです！」

振り向いて、由多佳も叫んだ。

「先生、坊ちゃんにつき添ってもらえますか。先生も手に少し擦り傷ありますんで一緒に診《み》てもらって下さい。私は警察の相手が終わってから病院に行きます」

「はい」

救急隊員に両脇から支えられ、地塩が救急車に運び込まれる。由多佳もそれに続いた。

「地塩くん……」

「泣くなって。ほんとたいしたことねえんだから」

ぼろぼろと涙を零しながら、由多佳は血だらけの手で地塩に縋《すが》りついた。

「いやほんと、運がいいですよ。あと一センチ横にずれてたら神経やられてましたからねえ。骨にも異常ないですし、これなら二週間程度で塞がると思いますよ」

処置室から出てきた外科医がにっこりと微笑み、由多佳は安堵のあまりその場にへたれ込みそうになった。

「しばらく入院してもらうことになりますが、ええと、ご家族のかた？」

「いえ、違います……が、保護者代理みたいなものです」

「患者さんが、入院するなら個室じゃないと嫌だって言ってるんですけど、どうしましょう」

「ええと……もし空きがあれば、そのようにお願いします」

多分椋代もそう言うだろうと思い、由多佳は医者にぺこりと頭を下げた。

医者が一旦処置室に戻り、しばらくして地塩がストレッチャーに乗せられて出てきた。

「自分で歩けるって言ってんだろ！」

「だめです。結構出血が酷かったんだから、廊下歩いてるうちにぶっ倒れるわよ」

年配の女性看護師が慣れた様子でたしなめる。

「地塩くん……！」

また涙目になりながら、由多佳は小走りにストレッチャーの脇に寄り添った。

地塩が手を伸ばし、由多佳の手を握る。由多佳もその手を両手で包み込んだ。

「傷、手当てしてもらったか？」

「うん。待ってる間に看護師さんが手当てしてくれた」

転んだ際に手のひらに掠り傷ができたが、地塩の怪我に比べたらたいしたことはない。

もっと色々話したいのに、地塩の顔を見ると言葉が出てこなかった。

エレベーターに乗って、八階で降りる。廊下の一番奥、特別室というプレートのついたドアを、看護師が開けてくれた。

「個室は今ここしか空いてないんだけど、ほんとにいいの？　高いわよ」

「ええ……多分……」

ちょっとしたホテル並みの内装の広々した病室を見渡し、庶民の由多佳は心配になってきた。

地塩が自力でストレッチャーから降り、ベッドの傍に置かれた三人掛けのソファにどさりと座る。その間由多佳は看護師から病室の設備についての説明を受けた。

「では私はこれで失礼します」

看護師が退室し、二人きりになる。ドアが閉まり、由多佳は地塩の傍に駆け寄った。

「無事でよかった……！」

地塩に腕を引かれ、すとんとソファに尻をつく。

次の瞬間には抱き締められ……由多佳も地塩の体を抱き締めた。

「傷、痛くない？」

「全然平気」

痛くないはずはないのに、地塩はにかっと白い歯を見せて笑った。由多佳の体を抱き締めたままソファに倒れ込み、上にのしかかってくる。

「あんな無茶するなんて……っ」

ナイフで斬りつけられて血を流していた地塩を思い出し、新たな涙が溢れてくる。

「無茶じゃねえよ」

「無茶だよ……っ！　もうちょっとで大変なことになるところだったんだよ！」

泣きながら怒る由多佳の髪を、地塩が宥めるように優しく撫でる。

「俺にとっては、先生が刺されちまうほうが大変なんだよ……」

「………っ」

嗚咽を漏らしながら、由多佳は地塩の首に手を回した。

「……ごめん、僕……、僕が無理言って出て行ったからこんなことに……っ」

「先生のせいじゃねえよ。先生が出てったのは……俺も悪かったし」

「……違うんだ、僕が、地塩くんのこと、これ以上好きになっちゃいけないと思っ……」

言い終わらないうちに、唇を塞がれる。

地塩の熱い舌の感触に、体温がじわりと上昇する。由多佳も地塩の首に手を回し、地塩の舌に情熱的に舌を絡めた。

互いに息が弾むほどの激しい口づけに、珍しく地塩のほうからギブアップする。

「……先生……やばいって……」

「ん……ごめん……」

大きく深呼吸して息を整えて、由多佳は地塩に本当の気持ちを話そうと口を開いた。

「……僕はずっと地塩くんに弄ばれているだけだと思ってた。でも一緒に大学行ったとき、そうじゃないんだってわかって……だけど地塩くんはあの家の跡継ぎで、お見合いもするって聞いて……」

「なんだ、知ってたのか。見合いなんか断るつもりだったのに」

「そうはいかないよ……！　それに、たとえ今回のお見合いがだめでも、地塩くんはいずれ結婚するんだから、地塩くんのためにも僕にとっても離れたほうがいいと思って……」

「俺が他の誰かと結婚してもいいのか？」

「…………だめ」

地塩の胸に顔を埋め、由多佳は呟いた。

「離れようと思ったけど、やっぱり離れたくない。男の僕じゃどうしようもないけど、でもそれでも一緒にいたい」

顔を上げて、由多佳は地塩の黒い瞳を見つめた。

「俺も、あんたじゃなきゃだめだ……あんたにふさわしい男になる」

どちらからともなく再び唇が重なる。

互いの舌を絡め合い、愛を確かめ合おうとしたそのとき……。

「坊ちゃん、遅くなりました」

「兄ちゃん！　大丈夫!?」

いきなりドアが開き、椋代と真子人がどかどかと入ってきた。

(うわあああ！)

慌てて地塩から逃れようとするが、地塩が由多佳の唇を軽く噛むようにして離してくれない。

「ちょっ！　兄ちゃんに何してんだ！　離れろおおお！」

「………坊ちゃん」

椋代と真子人に襟首を摑まれ、地塩が由多佳から引き剝がされる。

「て、てめえっ！　怪我したって聞いて心配してやったのに！」

真子人が真っ赤になって怒り狂うが、地塩はしれっとしている。無意識に唇を手の甲で拭いながら、由多佳はソファに身を起こして小さくなった。

「角南は現行犯で逮捕、警察で取り調べを受けています。先生にはお手数かけますが、明日警察が事情を聞きたいと言ってます。まあ角南の一方的な恨みみたいなもんですし、先生にはご迷惑かからないと思いますんで」

「はい……わかりました」

「奴の組は今どうなってる？」

地塩が高校生らしからぬ口調で椋代に尋ねる。

「新宿の事務所にはもう誰も残ってません。まあ組立ち上げた直後から金に困ってたようですし、今回の一件で解散でしょう」

「そうか」

「組長……いえ、社長にもこの件は報告いたしました。近々帰国されるとのことです」

地塩の父親が帰国すると聞き、先ほどまでの高揚した気持ちが急速に萎《しぼ》んでゆく。

（……地塩くんが無事だったからつい盛り上がっちゃったけど、まだ地塩くんのお父さんというハードルがあった……）

椋代が前髪を搔き上げて、大きなため息をつく。

「……私は今でもお二人がつき合うことに賛成しているわけではありません。坊ちゃんには、見合いをして普通に結婚していただきたかった」

「俺だって反対だよ……」

真子人が唇を尖らせて、しかし今までと違って少々弱々しく呟く。

「ですが……今まで誰かに惚《ほ》れるなんてことがまったくなかった坊ちゃんが……ここまで必死で先生を守ろうとなさってるのを見て……」

椋代が自分の前髪をぐしゃぐしゃと搔き回す。

「まったく、ナイフを持ってる相手に素手で応戦するなんて無茶です。あなたは龍門家の跡取りなのですよ。何かあったらどうするんですか。今日だって先生の護衛は我々に任せて下さいと言ったのに、いつの間にか大学にまで現れて……。坊ちゃんが刺されたときには生きた心地がしませんでしたよ」

　小言を言わずにはいられないらしく、椋代がぼやきまくる。

「いいじゃねえか、無事だったんだから」

「今回はたまたま運がよかっただけです。だいたい坊ちゃんは……っ」

「はいはい、説教はあとでまとめてやってくれ」

　地塩がうるさそうに手を振り、椋代はため息とともに説教を中断した。

「……ま、とにかくお二人ともご無事でよかった。あとは社長次第ですね」

　そう言って、椋代らしくもなくやや肩を落として背中を向ける。

「では私は帰ります。明日勇太に着替えやら色々持ってこさせますんで」

「え？　え？　椋代さん帰るの？」

　真子人が地塩と椋代の背中を交互に見やり、困ったように立ち竦む。

「あなたも一緒に帰るんですよ。今夜はうちに泊めてあげます」

「えっ、いいよ！　つか、兄ちゃんも帰るんだろ？」

「………」

　真っ赤になって、由多佳は俯いた。その手は地塩がしっかりと握り締めている。

「え、ええっ、えーっ！」

「病院内で騒いではいけません。ほら、行きますよ」

椋代が真子人の襟首を摑んでずるずると引っ張る。

「に、兄ちゃん……っ」

（ごめん真子人……）

心の中で謝りつつ、由多佳には地塩の手を振り解くことができなかった。

――一緒にいたい。もう離れたくない。

ドアを開けてから、椋代がゆっくりと振り返った。

「……先生、坊ちゃんをどうかよろしくお願いします」

丁寧に、深々と一礼する。真子人が泣き出しそうな顔で椋代を見上げる。

「……はい」

由多佳も立ち上がり、ぴょこんと頭を下げた。

椋代が、ほんの少しだけ口元に笑みを浮かべる。

椋代と真子人が出て行くと、地塩がゆっくりと立ち上がってドアに鍵をかけた。


「あ……っ、ち、地塩くん……っ」

ベッドに仰向けに押し倒されて長いキスを交わしたあと、由多佳はシャツの中に潜り込もうとする地塩の手を慌てて摑んだ。

「今更嫌だって言っても聞かねえぞ」

「い、嫌じゃない……けど、傷が……」

入院患者用の上着の襟元から痛々しげな包帯が覗いている。地塩は平然としているが、ナイフの刺し傷はかなり酷かったはずだ。

「縫《ぬ》ったから平気」

「いやいや、縫ったから安静にしてないと……うわっ」

地塩が甘えるように由多佳の上に覆い被さり、首筋に顔を埋めて体重を乗せてくる。

互いの胸と胸がぴったり重なり、二人とも心臓がどきどきしているのがわかる。

地塩の力強い鼓動に、由多佳は胸が熱くなって涙が込み上げてきた。

「……ほんとに……無事でよかった……」

傷の負担にならないように、そっと地塩の背中に手を回す。

「先生……」

地塩が耳元で切なげな声で囁き、由多佳の心臓はますます高鳴ってしまう。

「あ……っ」

耳を甘く嚙まれ、由多佳はくすぐったさと全身にじわりと広がった快感に首を竦めた。地塩の手がシャツのボタンを外すのを、今度は拒めない。

「ん……あんっ」

大きな手のひらで裸の胸をまさぐられ、ぎゅっと目を閉じる。地塩の手が触れる度にもじもじと膝を擦り合わせてしまう自分が恥ずかしい。

(今……僕きっとすごくいやらしい顔してる……)

地塩とセックスしたくてたまらない。熱い体温を感じて、体の中に地塩を受け入れて、一つになってこの絆《きずな》を確かめ合いたい。

「ち、地塩くん……っ」

胸を優しくまさぐるだけの愛撫がもどかしくて、由多佳は思わず地塩の手を摑んだ。欲情に潤んだ瞳で地塩を見上げ、大きな手を自身の股間へと導く。

「こ、ここ、早く触って……っ!」

懸命にズボンを押し上げる可愛らしい膨らみに、地塩の手をぎゅっと押しつける。

「先生……っ」

地塩ががばっと起き上がり、猛然と由多佳の服を引っぱがし始めた。病室の明かりの下、一糸まとわぬ姿に剝かれる。

桜色に上気した由多佳の体は、どこもかしこも地塩を欲しがって欲情していた。淡いピンク色の乳首は丸い肉粒を作って弄虐《ろうぎゃく》を待ち侘《わ》び、小ぶりなペニスは勃起して初々しい亀頭を濡らしてぷるぷると震えている。

「あ……っ」

地塩の視線を感じて尻の奥の小さな穴が疼いてしまい、由多佳は慌てて太腿をきゅっと閉じた。

地塩が低く唸り声を上げ、由多佳の太腿を大きく広げさせる。

由多佳のはしたない肛門が、地塩を誘うようにひくひくとうごめいた。

「くそ……っ、今日こそは紳士的にやろうと思ってたのに……っ」

地塩が患者用の上着を猛然と脱ぎ始めるが、袖を抜こうとしたところで顔をしかめた。

「い……っ！」

「大丈夫!?　傷が……っ」

慌てて由多佳は顔を上げた。

「あー……さすがにちょっといてえ……」

はだけた患者用の上着の下、左肩から腕にかけての包帯が痛々しい。

傷口を押さえながら、地塩はベッドの背もたれにもたれて足を投げ出した。

「先生が上に乗れ」

「……え？」

言われた意味がわからなくて、由多佳はきょとんとした。地塩が口の端に笑みを浮かべ、由多佳の腕を引っ張って自分の膝を跨《また》がせる。

「騎乗位。聞いたことねえ？」

「………っ」

数秒後、その言葉の意味を理解し、由多佳は真っ赤になった。

地塩に跨って挿入するなんて、恥ずかしすぎる。

けれど体はもうすっかり高ぶっていて、どうしても地塩と一つになりたくて……。

「先生」

地塩が下着ごとズボンをずり下げる。

長い睫毛を伏せ、由多佳はおずおずとそこへ視線を落とした。

（あ……地塩くんの……）

地塩の逞しいペニスは、猛々しく反り返っていた。太い茎に血管を浮かせ、大きな亀頭を先走りで濡らしている。

思わず見とれていると、地塩にしっかりと腰を摑まれて抱き寄せられた。

「ひゃ……っ！」

地塩のペニスが当たり、びくんと体を震わせる。同時に大きな手で尻をまさぐられ、先走りが漏れてしまう。

「……あ、……んっ」

地塩の中指が尻の割れ目をなぞり、奥まった小さな穴にたどり着く。

中指の腹できゅっと閉じた肛門の表面を何度か撫で、地塩は一旦指を離して自らの勃起を扱いた。

「……っ！」

地塩が自身の先端から溢れる先走りを指に絡め取り、ぬるついた指で再び由多佳の肛門をまさぐる。

「ひゃっ、あ、あ……っ」

先走りのぬめりを借りて、地塩の指がずぶりと突き刺さった。中を馴らすようにくちゅくちゅと掻き混ぜられ、腰ががくがく震える。

「……あっ、……ああっ！」

地塩の指が前立腺の傍を掠め、由多佳は背中を弓なりに反らせた。

「そ、そこだめ、出ちゃうから……っ」

腰を浮かせ、指から逃れようとする。

「先生のここ、すげえ締めつけてくる……」

地塩も頬を紅潮させ、荒い息を吐いている。地塩も自分を欲してくれているのだと思うと、由多佳は体の芯が熱くなった。

「も、もう……地塩くんの……入れて……！」

正気だったら言えないような、恥ずかしいセリフが零れ出る。

地塩が指を抜き、自身の勃起を握って由多佳の肛門に大きく張り出した亀頭を押し当てる。

「由多佳……！」

「あああ……っ！」

愛しい男に初めて名前を呼ばれ、同時に小さな蕾に下からずぶりと突き入れられる。

「あ、ああっ、地塩くん……！」

夢中で、由多佳は地塩の首にしがみついた。

先端の一番太い部分が、小さな穴をいっぱいに広げている。もっと奥まで迎え入れたくて、自ら腰を落として飲み込もうとする。

「おい、そんな焦るなって……こないだ痛くて失神しちまっただろ」

地塩が必死で自制するように動きを止め、由多佳の汗ばんだ前髪を掻き上げた。

なんのことかわからず、由多佳は焦点の合わない目で地塩を見上げた。

「こないだ……初めて入れたとき、ちょっと入れただけで気失っただろ」

「ち、違……っ、あれは、痛かったんじゃなくて、その、あんまり気持ちよくって……っ」

「…………まじで？」

「ん……っ、ち、地塩くんのが……気持ちいいとこに……当たっ……っ」

由多佳が全部言い終わらないうちに、地塩が獣のような唸り声を上げて由多佳の浅い場所で射精した。

「ああっ、あ、熱い……っ、あっ、ああっ！」

亀頭で栓をするようにして中に大量の精液を注ぎ込まれ、由多佳はびくびくと背を震わせた。

由多佳のペニスも、堪えきれずに精液を漏らしてしまう。

（いっちゃった……）

二人とも暴発してしまったような射精に、思わず目を合わせてくすりと笑う。

「入れるぞ」

「ん……」

地塩のペニスはほとんど萎えることなく硬さを保ち、ゆっくりと中に押し入ってくる。たっぷりと濡れた由多佳の内側は、悦んで太い亀頭を迎え入れた。

「ん……あ……っ」

狭い場所を太く硬いもので掻き分けられる感触が気持ちいい。いっぱいに広げられる痛みもあるが、それよりも敏感な粘膜を擦られる快感が勝《まさ》っていた。

「痛くないか？」

「ん、痛くない……っ」

由多佳の粘膜が、早く奥まで飲み込もうと地塩に絡みついてうねる。その動きに、地塩が悩ましげに眉を寄せた。

「……先生の中、すげえやらしい……」

「あ、あんっ、だって、地塩くんが……っ、ああっ！」

じわじわと押し入りながら、地塩のペニスが中でぐんと大きくなるのがわかった。先ほど射精して少し落ち着いていたものが、再び力を漲《みなぎ》らせていくのがダイレクトに伝わってくる。

「わかるか？　先生の中で大きくなってるの……」

「ん、今、びくんって……っ、あああ！」

地塩がずんと腰を突き入れ、長くて太いものが根本までぴっちりと収まった。

「全部入ったの、わかるか？」

「ん、わかる、地塩くんが、僕の、中にいる……っ」

地塩の逞しい牡の性器が、自分の中でどくどくと力強く脈打っている。

愛おしくてたまらなくて、由多佳は自ら地塩の唇に唇を重ねた。地塩もそれに応え、情熱的に舌を絡めてくる。

「由多佳……俺のもんだ」

「うん……っ」

「俺もおまえのもんだ」

「ん……っ」

地塩ががっちりと由多佳の腰を摑んで下ろし、これ以上入らないというところまでぎゅうっ

とペニスが入ってくる。

「あああああっ！」

今度は腰を持ち上げられ、中のものがずるりと抜けていく。初めてのときと同じように雁で中を掻き出され、由多佳は我を忘れて叫んだ。

「痛いか？」

動きを止めようとした地塩に、由多佳はしがみついた。

「だめっ！　や、やめないで、もっとして……っ！」

由多佳の慎ましく閉じていた蕾は、いまや淫乱な蜜壺と化していた。中を地塩のペニスで突いて欲しくて、じゅくじゅくと濡れて粘膜を疼かせている。

「くそ……っ、やっぱりこの体勢だと思い切り動けねえ……っ」

地塩がもどかしげに唸り、繋がったまま由多佳をベッドに押し倒す。

由多佳の望みどおり、地塩が淫らな蜜壺を猛然と太く硬い性器で突きまくった。

「あ、あっ、ああ……っ！」

奥まで突かれ、ぎりぎりまで引かれ、更に中を掻き回されて、由多佳は息も絶え絶えに快楽に身を委ねた。

「……あう、あっ、ああ……っ」

熱く濡れた敏感な粘膜を、大きく張り出した雁が擦る。茎の部分のごりごりした感触も伝わってきて、気持ちよすぎてどうにかなりそうだった。

「あ、そこ……っ、あひっ、あああ……っ！」

前立腺を雁で擦られて、由多佳は仰《の》け反《ぞ》って身悶えた。勃起したペニスから、失禁したように精液が漏れる。

「あ……、ち、地塩く……もうだめ……っ」

「俺も……っ！」

地塩が切羽詰まった声を出し、よりいっそう激しく中を突く。

「あっ、あ……っ、気持ちいい……っ」

残滓を漏らしながら、由多佳は尚も続く快感を貪った。

「由多佳……！」

「あああ……っ！」

地塩が由多佳の中に熱い精液をたっぷりと迸《ほとばし》らせる。

愛しい男の欲情を体で受けとめ……由多佳は心が熱く満たされていくのを感じた。

◇◇◇

目が覚めると、病室のベッドで地塩に抱き締められていた。部屋の明かりは消え、ベッドサイドのランプは光量を絞ってある。壁の時計を見ると、六時前だった。

項《うなじ》に地塩の規則正しい寝息がかかっている。胸に回された逞しい腕に、由多佳はそっと触れてみた。

(夢じゃないよね……)

昨夜のことを思い出し、恥ずかしさに顔から火が出そうになる。地塩に抱かれたくて、なんだか大胆なことを言ってしまったような気がする。

(は、恥ずかしい……だけど、すごく嬉しい……)

じたばたと暴れたいような叫び出したいような、照れくさい幸福感を噛み締める。

「んー……」

寝ぼけているのか、地塩が由多佳の体をぎゅうぎゅうと抱き締めてきた。

「地塩くん……起きてる？　傷は大丈夫……？　もうすぐ朝だから、僕一度アパート帰るよ」

「んー……」

わかってるのかいないのか、地塩は由多佳を抱き締めたまま動かない。

(まだ寝てるのかな)

寝ているのなら無理に起こさずに、置き手紙でもしておいたほうがいいかもしれない。そっと胸に回された腕を外そうとすると、腕がぴくっと動いた。

(ん……？)

地塩の手のひらが、由多佳の胸をまさぐり始める。そこで初めて、由多佳は自分も地塩も素っ裸のままであることに気づいた。

「ちょ、ちょっと、まずいって」

小声で囁くが、地塩の手は止まらない。それどころかまだ柔らかな乳首を指で摘んでこね始め……。

「地塩くん!」

ぴしゃりとその手を叩き、由多佳はベッドの上に飛び起きた。地塩がごろりと仰向けになる。

「僕、アパートに帰るから」

「……帰らなくていい」

腕を掴まれ、引き寄せられる。寝起きとは思えない力強さで、再び由多佳は布団の中に引き込まれてしまった。

「だめだよ、朝になったら看護師さんが来るし」

「別にいいだろ、つき添いですとでも言っとけ」

「つき添いは一緒に寝たりしないよ……っ」

声を潜めながら攻防を繰り広げるが、恋人同士になったばかりの二人の言い合いは次第に甘いキスに変わってゆく。

「ん……地塩くん……」

に齧りつく。

「先生……」

うっとりと見つめ合い、再び唇を重ねる。啄《ついば》むような軽いキスを交わし、地塩が由多佳の耳

「……すげえ好き」

耳元で囁かれ、胸が熱くなり、体の芯に電流が走る。

好きだと言われたのは初めてで、由多佳の心臓は甘く疼いて高鳴った。

「僕も……すごく好き」

地塩の背中に手を回し、固く抱き合い……。

ふいにドアの鍵が開けられる音がして、由多佳はびくりとした。看護師が巡回に来たのかもしれない。隠れる暇もなく、布団にくるまったまま固まる。

「誰だ？」

地塩も不審そうに目を眇《すが》め、ベッドに身を起こした。

「おはようございます」

病室に入ってきたのは椋代だった。こんな早朝にどうして……と怪訝に思ったのも束の間、椋代に続いて入ってきた人物にぎくりとする。

初めて見る男だ。歳は五十くらいだろうか。長身で、白髪交じりの髪をオールバックに撫でつけ、いかにも高そうなスーツに身を包んでいる。

鋭い双眸を持つその男が誰なのか、由多佳はすぐにわかった。地塩が歳を取ったらこうなるのであろうと思わせるような……実によく似た父親だ。

「地塩、久しぶりだな。怪我したんだって？」

地塩の父親は、布団から顔だけ出して固まっている由多佳の存在に驚いた様子もなく、悠々《ゆうゆう》とベッドの横のソファに座った。

「親父……帰ってたのかよ」

「さっき空港に着いたばかりだ。椋代が迎えに来てくれてな」

「宏美さんは？」

「一刻も早く米の飯食いたいって言って、そこのコンビニ寄ってる。もうすぐ来るだろ」

（どど、どうしよう……っ）

動くに動けず、由多佳は背中に冷や汗を滲ませた。服を着ていればなんとかごまかせるかもしれないが、なんせ布団の下はすっぽんぽんだ……。

「話は椋代から聞いた。その子がおまえが嫁にしたいっていう子か」

「ああ」

（よよよ、嫁……!?）

大きな瞳を更に大きく見開き、由多佳はごくりと唾を飲み込んだ。

（僕のこと女だと勘違いしてる？　男だってばれたら……）

そういえば夕べ椋代があとは社長次第だと言っていた。地塩と気持ちを確かめ合った今、もう別れる気はないが、きっと反対される……。

(とにかくまず、きちんとご挨拶をしなくては……!)

意を決し、由多佳は布団を巻きつけてベッドの上に正座した。

「あの、こんな格好で大変失礼いたしますっ。中村由多佳と申します……。地塩さんとその、お……おつき合いさせていただいております……っ」

真っ赤になって、由多佳は地塩の父にがばっと頭を下げた。

どんなに罵倒《ばとう》されても、自分はそれを受けとめなくてはならない。龍門家の大事な一人息子とつき合うことによって生じるであろう困難に、自分は立ち向かう覚悟ができている。

「ふーん、意外だな。おまえこういう清純派がタイプだったのか」

地塩の父が、可笑しそうに言う。

「社長の趣味とは正反対ですよね」

椋代が淡々と呟く。

(……あれ?)

頭を下げた状態のまま、由多佳は首を傾げた。思っていた反応と違う。

おそるおそる由多佳が顔を上げると、ドアをノックする音が響いた。

「お待たせ~! みんなの分のおにぎりも買ってきたよ!」

ドアを開けて入ってきたのは、ぎょっとするほど派手な青年だった。肩まで伸ばした茶髪、細身の体に白いコートと黒い革のパンツ、エナメルのブーツという出で立ちは、まるでロックミュージシャンのようだ。

（誰……!?）

再び固まった由多佳に気づいた青年が、由多佳の顔を覗き込む。

「あ、この子が地塩くんの恋人？　へー、可愛いじゃん」

「………」

なかなかの美青年だが、近くで見ると結構年増だとわかる。三十代後半、もしかしたら四十を超えているかもしれない。

「……社長の奥さんの宏美さんです」

椋代がぼそっと呟いて、由多佳の疑問を解消してくれた。

（……え？　え？　この人男だよね？）

「そうです。男ですけど後妻なんです」

椋代が、由多佳の心の声を聞き取ったかのように説明してくれた。

「初めまして～、地塩くんの義母《はは》でーす。よろしく！」

宏美が明るく笑い、指輪をいくつも嵌《は》めた手で由多佳の手を握る。それを見て、椋代が遠い目をして虚ろな笑みを浮かべた。

「龍門家の跡取りはいったいどうなってしまうんですかね……」

「ま、そのうち養子でももらえばいいさ。無理に女と結婚させたってうまくいかねえのは俺で実証済みだからな」

地塩の父が、立ち上がって椋代の肩をぽんと叩く。

「怪我もたいしたことねえみたいだし、とりあえず俺と宏美は家に帰る。由多佳さん、うちのをよろしく頼むな。また改めて皆で飯でも食いに行きましょう」

「は、はい……」

かくかくと頷き、由多佳はようやく地塩の父の顔を正面から見ることができた。地塩によく似た黒い瞳が、穏やかに由多佳を見つめている。もう一度、由多佳はぺこりと頭を下げた。

「あ、これ地塩くんたちの分。食べてねー」

宏美がコンビニのレジ袋に入ったおにぎりをベッドの脇のテーブルに置き、地塩の父を追って腕を組む。

嵐のようにやってきた三人が去り、病室は再び静寂に包まれる。

「………びっくりした……宏美さんて男の人だったんだね」

「言ってなかったっけ」

「うん……」

「椋代は昔気質《むかしかたぎ》だから、宏美さんが後妻に来た当初はずいぶん戸惑ったみたいだけど、俺はあんまり抵抗なかったな。俺が物心ついたときから親父とお袋は家庭内別居状態だったから、男でも仲のいい夫婦のほうがましだと思ったし」

「そっか……」

まだ呆然としながら、由多佳は頷いた。自分と地塩が男同士であることにあんなに悩んだのはなんだったんだろう……と思いつつ。

「……とにかく僕も一旦アパートに帰るよ」

看護師がやってくる前に帰ろうと、由多佳は自分の服を探した。

「うわあ！」

床に散らかった二人分の服を見て、由多佳は叫んだ。いかにもセックスするために脱ぎ散らかしましたといわんばかりの状態に、さあっと青ざめる。

しかも一番目立つところに由多佳のボクサーブリーフがくしゃっと丸まって落ちていて、今度は真っ赤になってベッドから飛び出して回収した。

「お、お父さんに見られたかな⁉」

慌てて服を拾って身につけながら、由多佳は恥ずかしさと申しわけなさにさいなまれた。こういう場合、年上の自分が気をつけるべきだった。

「ま、今更だろ。親父はそういうの気にしねーよ」

「僕が気にするんだよーっ！」

叫ぶ由多佳に、地塩が背後から抱きついて項《うなじ》に口づける。

「俺が退院したら、うちに来いよ」

「え？」

「俺のもんになってくれるんだろ？　一緒に住もうぜ」

「……えええ!?」

驚いて振り返った由多佳の頬に、地塩がくすりと笑って口づける。

「……本気？」

「もちろん」

地塩の黒い瞳を見つめ、由多佳はごくりと唾を飲み込んだ。これまでの経緯を思い出し、多分地塩の思いどおりになるんだろうな……と諦めにも似た思いが込み上げてくる。

（……ま、それでもいいかな）

ため息をついた由多佳を、地塩がぎゅうっと抱き締めた。

289　座敷牢の暴君

あとがき

こんにちは、神香うららです。今回はあとがきが一ページなので駆け足で…！

初めての文庫を出していただいてから、来月でちょうど五年になります。

五年前、デビュー作の『ご主人様にはナイショ』にイラストをつけて下さったのがこうじま奈月先生でした。こうして節目にまたこうじま先生にイラストを描いていただくことができて、本当に嬉しいです…！ こうじま先生、暴君な地塩とお人好し美人な由多佳、やんちゃな真子人と強面の椋代をどうもありがとうございました〜！

そして担当様。毎回お手を煩わせておりますが、今回も本当に…ほんっとうに、大変お世話になりました…！ この本がこうして無事に形になったのは、担当様が多大なる時間外労働をして下さったおかげです。いつもほんとすみません……お力添えに感謝しております！

最後になりましたが、拙作をお手にとって下さった皆様、本当にどうもありがとうございます…！ 読者の皆様に支えられて、なんとかここまでたどり着くことができました。「BL小説を書きたい、一人でも多くの人に萌えを伝えたい！」という初心の熱い気持ちを忘れずに、そして読んで下さるかたに楽しんでいただけるように頑張ります。

これからもどうぞよろしくお願いいたします〜！


神香うららでした。

こんにちは　挿絵を描かせて頂いた
こうじま奈月です。学ラン男子は久しぶりに描いた
ので楽しかったです♥「座敷牢」って妖しいひびきで
トキメキますが、私の絵がイメージを崩していないか
不安です。

少しでも気に入って
頂けたら
うれしいです♥

こうじま奈月

ダリア文庫をお買い上げいただきましてありがとうございます。
この本を読んでのご意見・ご感想・ファンレターをお待ちしております。

〈あて先〉
〒173-8561　東京都板橋区弥生町78-3
(株)フロンティアワークス　ダリア編集部
感想係、または「神香うらら先生」「こうじま奈月先生」係

❋初出一覧❋

座敷牢の暴君・・・・・・・・・・・・書き下ろし

座敷牢の暴君

2010年3月20日　第一刷発行

著者　神香うらら

発行者　藤井春彦

発行所　株式会社フロンティアワークス
〒173-8561　東京都板橋区弥生町78-3
営業　TEL 03-3972-0346　FAX 03-3972-0344
編集　TEL 03-3972-1445

印刷所　図書印刷株式会社